LA PETITE FADETTE

GEORGE SAND

La petite Fadette

GEORGE SAND
(1804-1876)

Aristocrate par son père, officier de l'armée impériale (sa grand-mère est fille naturelle du maréchal de Saxe et petite-fille du roi de Pologne), roturière par sa mère, fille d'un oiseleur des quais de Seine, Aurore Dupin de Francueil naît le 1er juillet 1804 à Paris, un mois après le mariage de ses parents. A la mort de son père, en 1808, Aurore est élevée par sa grand-mère au château de Nohant, dans le Berry. Aurore a une enfance campagnarde jusqu'à 14 ans ; sa grand-mère l'envoie alors à Paris poursuivre ses études dans un couvent pour jeunes filles de bonne famille. Elle n'y reste que deux ans : le temps de se passionner pour l'œuvre de Jean-Jacques Rousseau et de traverser une crise mystique qui inquiète tant sa voltairienne aïeule qu'elle la fait revenir à Nohant.

A Nohant où elle scandalise les notables en fumant en public, en tirant au pistolet et en ayant une idylle avec un étudiant en médecine phtisique. Sa grand-mère meurt en

1821. Pour fuir sa mère, avec laquelle elle s'entend mal, Aurore épouse Casimir Dudevant en 1822. Elle a 18 ans. Après la naissance de son fils Maurice, l'année suivante, et de Solange (1828), sans doute fille de son premier amant, elle s'éprend de Jules Sandeau, le fils — mineur — du percepteur local et, fuyant le scandale, monte avec lui à Paris, avec l'accord de son libéral époux dont elle se séparera définitivement six ans plus tard.

Dans la capitale, elle s'essaie à la peinture (son fils sera l'élève de Delacroix), puis à l'écriture. En collaboration avec Jules Sandeau, — d'où le pseudonyme-abréviation de J. Sand —, elle publie *Rose et Blanche*, mais c'est seule qu'elle écrit *Indiana* (1832), son premier succès. Elle garde le pseudonyme, auquel elle ajoute un George à l'anglais, et c'est habillée de pantalons d'homme et de bottes à fers qu'elle court les rédactions à la recherche de collaborations : elle a besoin d'argent pour élever ses enfants. Amie de Balzac, de l'actrice Marie Dorval, elle devient rapidement un personnage-clef de la bohème parisienne, où elle affiche nettement ses opinions républicaines. Après une liaison avec Mérimée, elle s'éprend, en 1833, d'Alfred de Musset. Leur passion, scandée par les ruptures, — George n'est pas un modèle de fidélité — durera deux ans.

En 1838, c'est avec un autre génie, Frédéric Chopin, qu'elle noue une idylle tout aussi orageuse qui durera neuf ans et dont la fin coïncidera avec la Révolution de 1848 à laquelle elle participe si activement qu'elle est menacée d'arrestation et doit aller se réfugier à Nohant. C'est là qu'elle apprend les morts de Marie Dorval, et de Chopin. Son Berry lui inspire des romans champêtres. Après *Le Meunier d'Angibault* (1845), *La Mare au Diable* (1846), elle écrit *La Petite Fadette, François le Champi* (1847, 1848) *Les Maîtres Sonneurs* (1853)...

L'échec de la Révolution de 1848 a ruiné ses rêves humanitaires et lui a fait perdre de sa combativité ; mais en 1852, deux entrevues avec Napoléon III lui permettent d'obtenir la grâce de plusieurs républicains condamnés à mort ou au bagne. Avec la même simplicité, elle reçoit à Nohant ses amis parisiens, Flaubert, ses fermiers,... Elle a pour amant Alexandre Manceau, de treize ans son cadet, lequel restera à ses côtés jusqu'à sa mort, par tuberculose, en 1865. La bonne Dame de Nohant, qui est célèbre dans toute l'Europe, cultive l'art d'être grand-mère, tout en écrivant : *Les Beaux Messieurs de Bois-Doré* (1858), *Laura* (1866), des pièces de théâtre, ses Mémoires...

En mai 1876, elle est victime d'une occlusion intestinale. Elle meurt le 8 juin au matin, après avoir fait tourner son lit pour recevoir la lumière de l'aube.

LA PETITE FADETTE NOTICE

C'est à la suite des néfastes journées de juin 1848, que troublé et navré, jusqu'au fond de l'âme, par les orages extérieurs, je m'efforçai de retrouver dans la solitude, sinon le calme, au moins la foi. Si je faisais profession d'être philosophe, je pourrais croire ou prétendre que la foi aux idées entraîne le calme de l'esprit en présence des faits désastreux de l'histoire contemporaine : mais il n'en est point ainsi pour moi, et j'avoue humblement que la certitude d'un avenir providentiel ne saurait fermer l'accès, dans une âme d'artiste, à la douleur de traverser un présent obscurci et déchiré par la guerre civile.

Pour les hommes d'action qui s'occupent personnellement du fait politique, il y a, dans tout parti, dans toute situation, une fièvre d'espoir ou d'angoisse, une colère ou une joie, l'enivrement du triomphe ou l'indignation de la défaite. Mais pour le pauvre poëte, comme pour la femme oisive, qui contemplent les événements sans y trouver un intérêt direct et personnel, quel que soit le résultat de la lutte, il y a l'horreur profonde du sang versé de part et d'autre, et une sorte de désespoir à la vue de cette haine, de ces injures, de ces menaces, de ces calomnies qui montent vers le ciel comme un impur holocauste, à la suite des convulsions sociales.

Dans ces moments-là, un génie orageux et puissant comme celui du Dante, écrit avec ses larmes, avec sa bile, avec ses nerfs, un poëme terrible, un drame tout plein de tortures et de gémissements. Il faut être trempé comme cette âme de fer et de feu, pour arrêter son imagination sur les horreurs d'un enfer symbolique, quand on a sous les yeux le douloureux purgatoire de la désolation sur la terre. De nos jours, plus faible et plus sensible, l'artiste, qui n'est que le reflet et l'écho d'une génération assez semblable à lui, éprouve le besoin impérieux de détourner la vue et de distraire l'imagination, en se reportant vers un idéal de calme, d'innocence et de rêverie. C'est son infirmité qui le fait agir ainsi, mais il n'en doit point rougir, car c'est aussi son devoir. Dans les temps où le mal vient de ce que les hommes se méconnaissent et se détestent, la mission de l'artiste est de célébrer la douceur, la confiance, l'amitié, et de rappeler ainsi aux hommes endurcis ou découragés, que les mœurs pures, les sentiments tendres et l'équité primitive, sont ou peuvent être encore de ce monde. Les allusions directes aux malheurs présents, l'appel aux passions qui fermentent, ce n'est point là le chemin du salut ; mieux vaut une douce chanson, un son de pipeau rustique, un conte pour endormir les petits enfants sans frayeur et sans souffrance, que le spectacle des maux réels renforcés et rembrunis encore par les couleurs de la fiction.

Prêcher l'union quand on s'égorge, c'est crier dans le désert. Il est des temps où les âmes sont si agitées qu'elles sont sourdes à toute exhortation directe. Depuis ces journées de juin dont les événements actuels sont l'inévitable conséquence, l'auteur du conte qu'on va lire, s'est imposé la tâche d'être *aimable*, dût-il en mourir de chagrin. Il a laissé railler ses *bergeries*, comme il avait laissé railler tout le reste, sans s'inquiéter des arrêts de certaine critique. Il sait qu'il a fait plaisir à ceux qui aiment *cette note-là*, et que faire plaisir à ceux qui souffrent du même mal que lui, à savoir l'horreur de la haine et des vengeances, c'est leur faire tout le bien qu'ils peuvent accepter : bien fugitif, soulagement passager, il est vrai, mais plus réel qu'une déclamation passionnée, et plus saisissant qu'une démonstration classique.

GEORGE SAND

Nohant, 21 décembre 1851.

I

Le père Barbeau de la Cosse n'était pas mal dans ses affaires, à preuve qu'il était du conseil municipal de sa commune. Il avait deux champs qui lui donnaient la nourriture de sa famille, et du profit par-dessus le marché. Il cueillait dans ses prés du foin à pleins charrois, et, sauf celui qui était au bord du ruisseau, et qui était un peu ennuyé par le jonc, c'était du fourrage connu dans l'endroit pour être de première qualité.

La maison du père Barbeau était bien bâtie, couverte en tuile, établie en bon air sur la côte, avec un jardin de bon rapport et une vigne de six journaux. Enfin il avait, derrière sa grange, un beau verger, que nous appelons chez nous une ouche, où le fruit abondait tant en prunes qu'en guignes, en poires et en cormes. Mêmement les noyers de ses bordures étaient les plus vieux et les plus gros de deux lieues aux entours.

Le père Barbeau était un homme de bon courage, pas méchant, et très-porté pour sa famille, sans être injuste à ses voisins et paroissiens.

Il avait déjà trois enfants, quand la mère Barbeau, voyant sans doute qu'elle avait assez de bien pour cinq, et qu'il fallait se dépêcher, parce que l'âge lui venait, s'avisa de lui en donner deux à la fois, deux beaux garçons ; et, comme ils étaient si pareils qu'on ne pouvait presque pas les distinguer l'un de l'autre, on reconnut bien vite que c'étaient deux bessons, c'est-à-dire deux jumeaux d'une parfaite ressemblance.

La mère Sagette, qui les reçut dans son tablier comme ils venaient au monde, n'oublia pas de faire au premier né une petite croix sur le bras avec son aiguille, parce que, disait-elle, un bout de ruban ou un collier peut se confondre et faire perdre le droit d'aînesse. Quand l'enfant sera plus fort, dit-elle, il faudra lui faire une marque qui ne puisse jamais s'effacer ; à quoi l'on ne manqua pas. L'aîné fut nommé Sylvain, dont on fit bientôt Sylvinet, pour le distinguer de son frère aîné, qui lui avait servi de parrain ; et le cadet fut appelé Landry, nom qu'il garda comme il l'avait reçu au baptême, parce que son oncle, qui était son parrain, avait gardé de son jeune âge la coutume d'être appelé Landriche.

Le père Barbeau fut un peu étonné, quand il revint du marché, de voir deux petites têtes dans le berceau. « Oh ! oh ! fit-il, voilà un berceau qui est trop étroit. Demain matin, il me faudra l'agrandir. » Il était un peu menuisier de ses mains, sans avoir appris, et il avait fait la moitié de ses meubles. Il ne s'étonna pas autrement et alla soigner sa femme, qui but un grand verre de vin chaud, et ne s'en porta que mieux. — Tu travailles si bien, ma femme, lui dit-il, que ça doit me donner du courage. Voilà deux enfants de plus à nourrir, dont nous n'avions pas absolument besoin ; ça veut dire qu'il ne faut pas que je me repose de cultiver nos terres et d'élever nos bestiaux. Sois tranquille ; on travaillera ; mais ne m'en donne pas trois la prochaine fois, car ça serait trop.

La mère Barbeau se prit à pleurer, dont le père Barbeau se mit fort en peine. — Bellement, bellement, dit-il, il ne faut te chagriner, ma bonne femme. Ce n'est pas par manière de reproche que je t'ai dit cela, mais par manière de remerciement, bien au contraire. Ces deux enfants-là sont beaux et bien faits ; ils n'ont point de défauts sur le corps, et j'en suis content.

— Alas ! mon Dieu, dit ma femme, je sais bien que vous ne me les reprochez pas, notre maître ; mais moi j'ai du souci, parce qu'on m'a dit qu'il n'y avait rien de plus chanceux et de plus malaisé à élever que des bessons. Ils se font tort l'un à l'autre, et, presque toujours, il faut qu'un des deux périsse pour que l'autre se porte bien.

— Oui-dà ! dit le père : est-ce la vérité ? Tant qu'à moi, ce sont les premiers bessons que je vois. Le cas n'est point fréquent. Mais voici la mère Sagette qui a de la connaissance là-dessus, et qui va nous dire ce qui en est.

La mère Sagette étant appelée, répondit :
— Fiez-vous à moi : ces deux bessons-là

vivront bel et bien, et ne seront pas plus
malades que d'autres enfants. Il y a cinquante ans que je fais le métier de sage-
femme, et que je vois naître, vivre, ou mourir
tous les enfants du canton. Ce n'est donc pas
la première fois que je reçois des jumeaux.
D'abord, la ressemblance ne fait rien à leur
santé. Il y en a qui ne se ressemblent pas
plus que vous et moi, et souvent il arrive que
l'un est fort et l'autre faible ; ce qui fait que
l'un vit et que l'autre meurt ; mais regardez
les vôtres, ils sont chacun aussi beau et aussi
bien corporé que s'il était fils unique. Ils ne
se sont donc pas fait dommage l'un à l'autre
dans le sein de leur mère ; ils sont venus à
bien tous les deux sans trop la faire souffrir
et sans souffrir eux-mêmes. Ils sont jolis à
merveille et ne demandent qu'à vivre. Consolez-vous donc, mère Barbeau, ça vous sera
un plaisir de les voir grandir ; et, s'ils conti-
nuent, il n'y aura guère que vous et ceux qui
les verront tous les jours qui pourrez faire
entre eux une différence ; car je n'ai jamais
vu deux bessons si pareils. On dirait deux
petits perdreaux sortant de l'œuf : c'est si
gentil et si semblable, qu'il n'y a que la mère-
perdrix qui les reconnaisse.

— A la bonne heure ! fit le père Barbeau
en se grattant la tête ; mais j'ai ouï dire que
les bessons prenaient tant d'amitié l'un pour
l'autre, que quand ils se quittaient ils ne pouvaient plus vivre, et qu'un des deux, tout au
moins, se laissait consumer par le chagrin,
jusqu'à en mourir.

— C'est la vraie vérité, dit la mère

Sagette ; mais écoutez ce qu'une femme d'expérience va vous dire. Ne le mettez pas en oubliance ; car, dans le temps où vos enfants seront en âge de vous quitter, je ne serai peut-être plus de ce monde pour vous conseiller. Faites attention, dès que vos bessons commenceront à se reconnaître, de ne pas les laisser toujours ensemble. Emmenez l'un au travail pendant que l'autre gardera la maison. Quand l'un ira pêcher, envoyez l'autre à la chasse ; quand l'un gardera les moutons, que l'autre aille voir les bœufs au pacage ; quand vous donnerez à l'un du vin à boire, donnez à l'autre un verre d'eau, et réciproquement. Ne les grondez point ou ne les corrigez point tous les deux en même temps ; ne les habillez pas de même ; quand l'un aura un chapeau, que l'autre ait une casquette, et que surtout leurs blouses ne soient pas du même bleu. Enfin, par tous les moyens que vous pourrez imaginer, empêchez-les de se confondre l'un avec l'autre et de s'accoutumer à ne pas se passer l'un de l'autre. Ce que je vous dis là, j'ai grand'peur que vous ne le mettiez dans l'oreille du chat ; mais si vous ne le faites pas, vous vous en repentirez grandement un jour.

La mère Sagette parlait d'or et on la crut. On lui promit de faire comme elle disait, et on lui fit un beau présent avant de la renvoyer. Puis, comme elle avait bien recommandé que les bessons ne fussent point nourris du même lait, on s'enquit vivement d'une nourrice.

Mais il ne s'en trouva point dans l'endroit.

La mère Barbeau, qui n'avait pas compté sur deux enfants, et qui avait nourri elle-même tous les autres, n'avait pas pris ses précautions à l'avance. Il fallut que le père Barbeau partît pour chercher cette nourrice dans les environs ; et pendant ce temps, comme la mère ne pouvait pas laisser pâtir ses petits, elle leur donna le sein à l'un comme à l'autre.

Les gens de chez nous ne se décident pas vite, et, quelques riche qu'on soit, il faut toujours un peu marchander. On savait que les Barbeau avaient de quoi payer, et on pensait que la mère, qui n'était plus de la première jeunesse, ne pourrait point garder deux nourrissons sans s'épuiser. Toutes les nourrices que le père Barbeau put trouver lui demandèrent donc 18 livres par mois, ni plus ni moins qu'à un bourgeois.

Le père Barbeau n'aurait voulu donner que 12 ou 15 livres, estimant que c'était beaucoup pour un paysan. Il courut de tous les côtés et disputa un peu sans rien conclure. L'affaire ne pressait pas beaucoup ; car deux enfants si petits ne pouvaient pas fatiguer la mère, et ils étaient si bien portants, si tranquilles, si peu braillards l'un et l'autre, qu'ils ne faisaient presque pas plus d'embarras qu'un seul dans la maison. Quand l'un dormait, l'autre dormait aussi. Le père avait arrangé le berceau, et quand ils pleuraient tous deux à la fois, on les berçait et on les apaisait en même temps.

Enfin le père Barbeau fit un arrangement avec une nourrice pour 15 livres, et il ne se tenait plus qu'à cent sous d'épingles, lorsque sa femme lui dit : — Bah ! notre maître, je ne vois pas pourquoi nous allons dépenser 180 ou 200 livres par an, comme si nous étions des messieurs et dames, et comme si j'étais hors d'âge pour nourrir mes enfants. J'ai plus de lait qu'il n'en faut pour cela. Ils ont déjà un mois, nos garçons, et voyez s'ils ne sont en bon état ! La Merlaude que vous voulez donner pour nourrice à un des deux n'est pas moitié si forte et si saine que moi ; son lait a déjà dix-huit mois, et ce n'est pas ce qu'il faut à un enfant si jeune. La Sagette nous a dit de ne pas nourrir nos bessons du même lait, pour les empêcher de prendre trop d'amitié l'un pour l'autre, c'est vrai qu'elle l'a dit ; mais n'a-t-elle pas dit aussi qu'il fallait les soigner également bien, parce que, après tout, les bessons n'ont pas la vie tout à fait aussi forte que les autres enfants ? J'aime mieux que les nôtres s'aiment trop, que s'il faut sacrifier l'un à l'autre. Et puis, lequel des deux mettrons-nous en nourrice ? Je vous confesse que j'aurais autant de chagrin à me séparer de l'un comme de l'autre. Je peux dire que j'ai bien aimé tous mes enfants, mais, je ne sais comment la chose se fait, m'est avis que ceux-ci sont encore les plus mignons et les plus gentils que j'aie portés dans mes bras. J'ai pour eux un je ne sais quoi qui me fait toujours craindre de les perdre. Je vous en prie, mon mari, ne pensez plus à cette nourrice ; nous ferons pour le reste tout ce que la Sagette a recommandé. Comment voulez-vous que des enfants à la mamelle se prennent de trop grande amitié, quand c'est tout au plus s'ils connaîtront leurs mains d'avec leurs pieds quand ils seront en sevrage ?

— Ce que tu dis là n'est pas faux, ma femme, répondit le père Barbeau en regardant sa femme, qui était encore fraîche et forte comme on en voit peu ; mais si, pourtant, à mesure que ces enfants grossiront, ta santé venait à dépérir ?

— N'ayez peur, dit la Barbeaude, je me sens d'aussi bon appétit que si j'avais quinze ans ; et d'ailleurs, si je sentais que je m'épuise, je vous promets que je ne vous le cacherais pas, et il serait toujours temps de mettre un de ces pauvres enfants hors de chez nous.

Le père Barbeau se rendit, d'autant plus qu'il aimait bien autant ne pas faire de dépense inutile. La mère Barbeau nourrit ses bessons sans se plaindre et sans souffrir, et même elle était d'un si beau naturel que, deux ans après le sevrage de ses petits, elle mit au monde une jolie petite fille qui eut nom Nanette, et qu'elle nourrit aussi elle-même. Mais c'était un peu trop, et elle eût eu peine à en venir à bout, si sa fille aînée, qui était à son premier enfant, ne l'eût soulagée de temps en temps, en donnant le sein à sa petite sœur.

De cette manière, toute la famille grandit et grouilla bientôt au soleil, les petits oncles et les petites tantes avec les petits neveux et les petites nièces, qui n'avaient pas à se reprocher d'être beaucoup plus turbulents ou plus raisonnables les uns que les autres.

II

Les bessons croissaient à plaisir sans être malades plus que d'autres enfants, et mêmement ils avaient le tempérament si doux et si bien façonné qu'on eût dit qu'ils ne souffraient point de leurs dents ni de leur croît, autant que le reste du petit monde.

Ils étaient blonds et restèrent blonds toute leur vie. Ils avaient tout à fait bonne mine, de grands yeux bleus, les épaules bien avalées, le corps droit et bien planté, plus de taille et de hardiesse que tous ceux de leur âge, et tous les gens des alentours qui passaient par le bourg de la Cosse, s'arrêtaient pour les regarder, pour s'émerveiller de leur retirance, et chacun s'en allait disant : — C'est tout de même une jolie paire de gars.

Cela fut cause que, de bonne heure, les bessons s'accoutumèrent à être examinés et questionnés, et à ne point devenir honteux et sots en grandissant. Ils étaient à leur aise avec tout le monde, et, au lieu de se cacher derrière les buissons, comme font les enfants de chez nous quand ils aperçoivent un étranger, ils affrontaient le premier venu, mais toujours très-honnêtement, et répondaient à tout ce qu'on leur demandait, sans baisser la tête et sans se faire prier. Au premier moment, on ne faisait point entre eux de différence et on croyait voir un œuf et un œuf. Mais, quand on les avait observés un quart d'heure, on voyait que Landry était un miette plus grand et plus fort, qu'il avait le cheveu un peu plus épais, le nez plus fort et l'œil plus vif. Il avait aussi le front plus large et l'air plus décidé, et mêmement un signe que son frère avait à la joue droite, il l'avait à la joue gauche et beaucoup plus marqué. Les gens de l'endroit les reconnaissaient donc bien ; mais cependant il leur fallait un petit moment, et, à la tombée de la nuit ou à une petite distance, ils s'y trompaient quasi tous, d'autant plus que les bessons avaient la voix toute pareille, et que, comme ils savaient bien qu'on pouvait les confondre, ils répondaient au nom l'un de l'autre sans se donner la peine de vous avertir de la méprise. Le père Barbeau lui-même s'y embrouillait quelquefois. Il n'y avait, ainsi que la Sagette l'avait annoncé, que la mère qui ne s'y embrouillât jamais, fût-ce à la grande nuit, ou du plus loin qu'elle pouvait les voir venir ou les entendre parler.

En fait, l'un valait l'autre, et si Landry avait une idée de gaieté et de courage de plus que son aîné, Sylvinet était si amiteux et si fin d'esprit qu'on ne pouvait pas l'aimer moins que son cadet. On pensa bien, pendant trois mois, à les empêcher de trop s'accoutumer l'un à l'autre. Trois mois, c'est beaucoup, en campagne, pour observer une chose contre la coutume. Mais, d'un côté, on ne voyait point que cela fît grand effet ; d'autre part, M. le curé avait dit que la mère Sagette était une radoteuse et que ce que le bon Dieu avait mis dans les lois de la nature ne pouvait être défait par les hommes. Si bien qu'on oublia peu à peu tout ce qu'on s'était promis de faire. La première fois qu'on leur ôta leur fourreau pour les conduire à la messe en culottes, ils furent habillés du même drap, car ce fut un jupon de leur mère qui servit pour les deux habillements, et la façon fut la même, le même tailleur de la paroisse n'en connaissant point deux.

Quand l'âge leur vint, on remarqua qu'ils avaient le même goût pour la couleur, et quand leur tante Rosette voulut leur faire cadeau à chacun d'une cravate, à la nouvelle année, ils choisirent tous deux la même cravate lilas au mercier colporteur qui promenait sa marchandise de porte en porte sur le dos de son cheval percheron. La tante leur demanda si c'était pour l'idée qu'ils avaient d'être toujours habillés l'un comme l'autre. Mais les bessons n'en cherchaient pas si long ; Sylvinet répondit que c'était la plus jolie couleur et le plus joli dessin de cravate qu'il y eût dans tout le ballot du mercier, et de suite Landry assura que toutes les autres cravates étaient vilaines.

— Et la couleur de mon cheval, dit le marchand en souriant, comment la trouvez-vous ?

— Bien laide, dit Landry. Il ressemble à une vieille pie.

— Tout à fait laide, dit Sylvinet. C'est absolument une pie mal plumée.

— Vous voyez bien, dit le mercier à la tante, d'un air judicieux, que ces enfants-là ont la même vue. Si l'un voit jaune ce qui est rouge, aussitôt l'autre verra rouge ce qui est jaune, et il ne faut pas les contrarier là-dessus, car on dit que quand on veut empêcher les bessons de se considérer comme les deux empreintes d'un même dessin, ils deviennent idiots et ne savent plus du tout ce qu'ils disent. — Le mercier disait cela parce que ses cravates lilas étaient mauvais teint et qu'il avait envie d'en vendre deux à la fois.

Par la suite du temps, tout alla de même, et les bessons furent habillés si pareillement, qu'on avait encore plus souvent lieu de les confondre, et soit par malice d'enfance, soit par la force de cette loi de nature que le curé croyait impossible à défaire, quand l'un avait cassé le bout de son sabot, bien vite l'autre écornait le sien du même pied ; quand l'un déchirait sa veste ou sa casquette, sans tarder, l'autre imitait si bien la déchirure qu'on aurait dit que le même accident l'avait occasionnée : et puis, mes bessons de rire et de prendre un air sournoisement innocent quand on leur demandait compte de la chose.

Bonheur ou malheur, cette amitié-là augmentait toujours avec l'âge, et le jour où ils surent raisonner un peu, ces enfants se dirent qu'ils ne pouvaient pas s'amuser avec d'autres enfants quand un des deux ne s'y trouvait pas ; et le père ayant essayé d'en garder un toute la journée avec lui, tandis que l'autre restait avec la mère, tous les deux furent si tristes, si pales et si lâches au travail, qu'on les crut malades. Et puis quand ils se retrouvèrent le soir, ils s'en allèrent tous deux par les chemins, se tenant par la main et ne voulant plus rentrer, tant ils avaient d'aise d'être ensemble, et aussi parce qu'ils boudaient un peu leurs parents de leur avoir fait ce chagrin-là. On n'essaya plus guère de recommencer, car il faut dire que le père et la mère, mêmement les oncles et les tantes, les frères et les sœurs, avaient pour les bessons une amitié qui tournait un peu en faiblesse. Ils en étaient fiers à force d'en recevoir des compliments, et aussi parce que c'était, de vrai, deux enfants qui n'étaient ni laids, ni sots, ni méchants. De temps en temps, le père Barbeau s'inquiétait bien un peu de ce que deviendrait cette accoutumance d'être toujours ensemble quand ils seraient en âge d'homme, et, se remémorant les paroles de la Sagette, il essayait des les taquiner pour les rendre jaloux l'un de l'autre. S'ils faisaient une petite faute, il tirait les oreilles de Sylvinet par exemple, disant à Landry : Pour cette fois, je te pardonne à toi, parce que tu es ordinairement le plus raisonnable. Mais cela consolait Sylvinet d'avoir chaud aux oreilles, de voir qu'on avait épargné son frère, et Landry pleurait comme si c'était lui qui avait reçu la correction. On tenta aussi de donner, à l'un seulement,

quelque chose dont tous deux avaient envie ;
mais tout aussitôt, si c'était chose bonne à
manger, ils partageaient ; ou si c'était toute
autre amusette ou épelette à leur usage, ils le
mettaient en commun, ou se le donnaient et
redonnaient l'un à l'autre, sans distinction
du tien et du mien. Faisait-on à l'un un
compliment de sa conduite, en ayant l'air de
ne pas rendre justice à l'autre, cet autre était
content et fier de voir encourager et caresser
son besson, et se mettait à le flatter et à le
caresser aussi. Enfin, c'était peine perdue
que de vouloir les diviser d'esprit ou de
corps, et comme on n'aime guère à contrarier les enfants qu'on chérit, même quand
c'est pour leur bien, on laissa vite aller les
choses comme Dieu voulut ; ou bien on se fit
de ces petites picoteries un jeu dont les deux
bessons n'étaient point dupes. Ils étaient fort
malins, et quelquefois, pour qu'on les laissât
tranquilles, ils faisaient mine de se disputer
et de se battre ; mais ce n'était qu'un amusement de leur part, et ils n'avaient garde, en
se roulant l'un sur l'autre, de se faire le
moindre mal ; si quelque badaud s'étonnait
de les voir en bisbille, ils se cachaient pour
rire de lui, et on les entendait babiller et
chantonner ensemble comme deux merles
dans une branche.

Malgré cette grande ressemblance et cette
grande inclination, Dieu, qui n'a rien fait
d'absolument pareil dans le ciel et sur la
terre, voulut qu'ils eussent un sort bien différent, et c'est alors qu'on vit que c'étaient
deux créatures séparées dans l'idée du bon

Dieu, et différentes dans leur propre tempérament.

On ne vit la chose qu'à l'essai, et cet essai
arriva après qu'ils eurent fait ensemble leur
première communion. La famille du père
Barbeau augmentait, grâce à ses deux filles
aînées qui ne chômaient pas de mettre de
beaux enfants au monde. Son fils aîné, Mar-
tin, un beau et brave garçon, était au service ; ses gendres travaillaient bien, mais
l'ouvrage n'abondait pas toujours. Nous
avons eu, dans nos pays, une suite de mauvaises années, tant pour les vimaires du
temps que pour les embarras du commerce,
qui ont délogé plus d'écus de la poche des
gens de campagne qu'elles n'y en ont fait
rentrer. Si bien que le père Barbeau n'était
pas assez riche pour garder tout son monde
avec lui, et il fallait bien songer à mettre ses
bessons en condition chez les autres. Le père
Caillaud, de la Priche, lui offrit d'en prendre
un pour toucher ses bœufs, parce qu'il avait
un fort domaine à faire valoir, et que tous
ses garçons étaient trop grands ou trop
jeunes pour cette besogne-là ; La mère Barbeau eut grand'peur et grand chagrin quand
son mari lui en parla pour la première fois.
On eût dit qu'elle n'avait jamais prévu que la
chose dût arriver à ses bessons, et pourtant
elle s'en était inquiétée leur vie durant ;
mais, comme elle était grandement soumise
à son mari, elle ne sut que dire. Le père avait
bien du souci aussi pour son compte, et il
prépara la chose de loin. D'abord les deux
bessons pleurèrent et passèrent trois jours à

travers bois et près, sans qu'on les vît, sauf à l'heure des repas. Ils ne disaient mot à leurs parents, et quand on leur demandait s'ils avaient pensé à se soumettre, ils ne répondaient rien, mais ils raisonnaient beaucoup quand ils étaient ensemble.

Le premier jour ils ne surent que se lamenter tous deux, et se tenir par les bras comme s'ils avaient crainte qu'on ne vînt les séparer par force. Mais le père Barbeau ne l'eût point fait. Il avait la sagesse d'un paysan, qui est faite moitié de patience et moitié de confiance dans l'effet du temps. Aussi le lendemain, les bessons voyant qu'on ne les taboulait point, et que l'on comptait que la raison leur viendrait, se trouvèrent-ils plus effrayés de la volonté paternelle qu'ils ne l'eussent été par menaces et châtiments. — Il faudra pourtant bien nous y ranger, dit Landry, et c'est à savoir lequel de nous s'en ira ; car on nous a laissé le choix, et le père Caillaud a dit qu'il ne pouvait pas nous prendre tous les deux.

— Qu'est ce que ça me fait que je parte ou que je reste, dit Sylvinet, puisqu'il faut que nous nous quittions ? Je ne pense seulement pas à l'affaire d'aller vivre ailleurs ; si j'y allais avec toi, je me désaccoutumerais bien de la maison.

— Ça se dit comme ça, reprit Landry, et pourtant celui qui restera avec nos parents aura plus de consolation et moins d'ennui que celui qui ne verra plus ni son besson, ni son père, ni sa mère, ni son jardin, ni ses bêtes, ni tout ce qui a coutume de lui faire plaisir.

Landry disait cela d'un air assez résolu ; mais Sylvinet se remit à pleurer ; car il n'avait pas autant de résolution que son frère, et l'idée de tout perdre et de tout quitter à la fois lui fit tant de peine qu'il ne pouvait plus s'arrêter dans ses larmes.

Landry pleurait aussi, mais pas autant, et pas de la même manière ; car il pensait toujours à prendre pour lui le plus gros de la peine, et il voulait voir ce que son frère en pouvait supporter, afin de lui épargner tout le reste. Il connut bien que Sylvinet avait plus peur que lui d'aller habiter un endroit étranger et de se donner à une famille autre que la sienne.

— Tiens, frère, lui dit-il, si nous pouvons nous décider à la séparation, mieux vaut que je m'en aille. Tu sais bien que je suis un peu plus fort que toi et que quand nous sommes malades, ce qui arrive presque toujours en même temps, la fièvre se met plus fort après toi qu'après moi. On dit que nous mourrons peut-être si on nous sépare. Moi je ne crois pas que je mourrai ; mais je ne répondrais pas de toi, et c'est pour cela que j'aime mieux te savoir avec notre mère, qui te consolera et te soignera. De fait, si l'on fait chez nous une différence entre nous deux, ce qui ne paraît guère, je crois bien que c'est toi qui es le plus chéri, et je sais que tu es le plus mignon et le plus amiteux. Reste donc, moi je partirai. Nous ne serons pas loin l'un de l'autre. Les terres du père Caillaud touchent les nôtres, et nous nous verrons tous les jours. Moi j'aime la peine et ça me distraira, et comme

je cours mieux que toi, je viendrai plus vite
te trouver aussitôt que j'aurai fini ma journée. Toi, n'ayant pas grand'chose à faire, tu
viendras en te promenant me voir à mon
ouvrage. Je serai bien moins inquiet à ton
sujet que si tu étais dehors et moi dedans la
maison. Par ainsi, je te demande d'y rester.

III

Sylvinet ne voulut point entendre à cela ; quoiqu'il eût le cœur plus tendre que Landry pour son père, sa mère et sa petite sœur Nanette, il s'effrayait de laisser l'endosse à son cher besson.

Quand ils eurent bien discuté, ils tirèrent à la courte-paille et le sort tomba sur Landry. Sylvinet ne fut pas content de l'épreuve et voulut tenter à pile ou face avec un gros sou. Face tomba trois fois pour lui, c'était toujours à Landry de partir.

— Tu vois bien que le sort le veut, dit Landry, et tu sais qu'il ne faut pas contrarier le sort.

Le troisième jour, Sylvinet pleura bien encore, mais Landry ne pleura presque plus. La première idée du départ lui avait fait peut-être une plus grosse peine qu'à son frère, parce qu'il avait mieux senti son courage et qu'il ne s'était pas endormi sur l'impossibilité de résister à ses parents ; mais, à force de penser à son mal, il l'avait plus vite usé, et il s'était fait beaucoup de raisonnements, tandis qu'à force de se désoler, Sylvinet n'avait pas eu le courage de se raisonner : si bien que Landry était tout décidé à partir ; que Sylvinet ne l'était point encore à le voir s'en aller.

Et puis Landry avait un peu plus d'amour-propre que son frère. On leur avait tant dit qu'ils ne seraient jamais qu'une moitié d'homme s'ils ne s'habituaient pas à se quitter, que Landry, qui commençait à sentir l'orgueil de ses quatorze ans, avait envie de montrer qu'il n'était plus un enfant. Il avait toujours été le premier à persuader et à entraîner son frère, depuis la première fois qu'ils avavaient été chercher un nid au faîte d'un arbre, jusqu'au jour où ils se trouvaient. Il réussit donc encore cette fois-là à le tranquilliser, et, le soir, en rentrant à la maison, il déclara à son père que son frère et lui se rangeaient au devoir, qu'ils avaient tiré au sort, et que c'était à lui, Landry, d'aller toucher les grands bœufs de la Priche.

Le père Barbeau prit ses deux bessons sur un de ses genoux, quoiqu'ils fussent déjà grands et forts, et il leur parla ainsi :

— Mes enfants, vous voilà en âge de raison, je le connais à votre soumission et j'en suis content. Souvenez-vous que quand les enfants font plaisir à leurs père et mère, ils font plaisir au grand Dieu du ciel qui les en récompense un jour ou l'autre. Je ne veux pas savoir lequel de vous deux s'est soumis le premier. Mais Dieu le sait et il bénira celui-là pour avoir bien parlé, comme il bénira aussi l'autre pour avoir bien écouté.

Là-dessus il conduisit ses bessons auprès de leur mère pour qu'elle leur fît son compliment ; mais la mère Barbeau eut tant de peine à se retenir de pleurer, qu'elle ne put rien leur dire et se contenta de les embrasser.

Le père Barbeau, qui n'était pas un maladroit, savait bien lequel des deux avait le plus de courage et lequel avait le plus d'attache. Il ne voulut point laisser froidir la bonne volonté de Sylvinet, car il voyait que Landry était tout décidé pour lui-même, et qu'une seule chose, le chagrin de son frère, pouvait le faire broncher. Il éveilla donc Landry avant le jour, en ayant bien soin de ne pas secouer son aîné, qui dormait à côté de lui.

— Allons, petit, lui dit-il tout bas, il nous faut partir pour la Priche avant que ta mère te voye, car tu sais qu'elle a du chagrin, et il faut lui épargner les adieux. Je vais te conduire chez ton nouveau maître et porter ton paquet.

— Ne dirai-je pas adieu à mon frère ? demanda Landry. Il m'en voudra si je le quitte sans l'avertir.

— Si ton frère s'éveille et te voit partir, il pleurera, il réveillera votre mère, et votre mère pleurera encore plus fort, à cause de votre chagrin. Allons, Landry, tu es un garçon de grand cœur, et tu ne voudrais pas rendre ta mère malade. Fais ton devoir tout entier, mon enfant ; pars sans faire semblant de rien. Pas plus tard que ce soir, je te conduirai ton frère, et comme c'est demain dimanche, tu viendras voir ta mère sur le jour.

Landry obéit bravement et passa la porte de la maison sans regarder derrière lui. La mère Barbeau n'était pas si bien endormie ni si tranquille qu'elle n'eût entendu tout ce que son homme disait à Landry. La pauvre femme, sentant la raison de son mari, ne bougea et se contenta d'écarter un peu son rideau pour voir sortir Landry. Elle eut le cœur si gros qu'elle se jeta à bas du lit pour aller l'embrasser, mais elle s'arrêta quand elle fut devant le lit des bessons, où Sylvinet dormait encore à pleins yeux. Le pauvre garçon avait tant pleuré depuis trois jours et quasi trois nuits, qu'il était vanné par la fatigue, et même il se sentait d'un peu de fièvre, car il se tournait et retournait sur son coussin, envoyant de gros soupirs et gémissant sans pouvoir se réveiller.

Alors la mère Barbeau, voyant et avisant le seul de ses bessons qui lui restât, ne put pas s'empêcher de se dire que c'était lui qu'elle eût vu partir avec le plus de peine. Il est bien vrai qu'il était le plus sensible des deux, soit qu'il eût le tempérament moins fort, soit que Dieu, dans sa loi de nature, ait écrit que de deux personnes qui s'aiment, soit d'amour, soit d'amitié, il y en a toujours une qui doit donner de son cœur plus que l'autre. Le père Barbeau avait un brin de préférence pour Landry, parce qu'il faisait cas du travail et du courage plus que des caresses et des attentions. Mais la mère avait ce brin de préférence pour le plus gracieux et le plus câlin qui était Sylvinet.

La voilà donc qui se prend à regarder son
pauvre gars, tout pâle et tout défait, et qui se
dit que ce serait grand'pitié de le mettre déjà
en condition ; que son Landry a plus d'étoffe
pour endurer la peine, et que d'ailleurs l'amitié pour son besson et pour sa mère ne le
foule pas au point de le mettre en danger de
maladie. C'est un enfant qui a une grande
idée de son devoir, pensait-elle ; mais tout de
même, s'il n'avait pas le cœur un peu dur, il
ne serait pas parti comme ça sans bargui-
gner, sans tourner la tête et sans verser une
pauvre larme. Il n'aurait pas eu la force de
faire deux pas sans se jeter sur ses genoux
pour demander courage au bon Dieu, et il se
serait approché de mon lit, où je faisais la
frme de dormir, tant seulement pour me
regarder et pour embrasser le bout de mon
rideau. Mon Landry est bien un véritable
garçon. Ça ne demande qu'à vivre, à travailler et à changer de place. Mais celui-ci a le
cœur d'une fille ; c'est si tendre et si doux
qu'on ne peut pas s'empêcher d'aimer ça
comme ses yeux.

Ainsi devisait en elle-même la mère Barbeau tout en retournant à son lit, où elle ne
se rendormit point, tandis que le père Barbeau emmenait Landry à travers prés et
pacages du côté de la Priche. Quand ils
furent sur une petite hauteur, d'où l'on ne
voit plus les bâtiments de la Cosse aussitôt
qu'on se met à la descendre, Landry s'arrêta
et se retourna. Le cœur lui enfla, et il s'assit
sur la fougère, ne pouvant faire un pas de
plus. Son père fit mine de ne point s'en aper-

cevoir et de continuer à marcher. Au bout
d'un petit moment, il l'appela bien doucement en lui disant :

— Voilà qu'il fait jour, mon Landry ; déga-
geons-nous si nous voulons arriver avant le
soleil levé.

Landry se releva, et comme il s'était juré
de ne point pleurer devant son père, il rentra
ses larmes qui lui venaient dans les yeux
grosses comme des pois. Il fit comme s'il
avait laissé tomber son couteau de sa poche,
et il arriva à la Priche sans avoir montré sa
peine, qui pourtant n'était pas mince.

IV

Le père Caillaud, voyant que des deux bessons on lui amenait le plus fort et le plus
diligent, fut tout aise de le recevoir. Il savait
bien que cela n'avait pas dû se décider sans
chagrin, et comme c'était un brave homme
et un bon voisin, fort ami du père Barbeau, il
fit de son mieux pour flatter et encourager le
jeune gars. Il lui fit donner vitement la soupe
et un pichet de vin pour lui permettre le
cœur, car il était aisé de voir que le chagrin y
était. Il le mena ensuite avec lui pour lier les
bœufs, et il lui fit compliment de la manière
dont il s'y prenait. De fait, Landry n'était pas
novice dans cette besogne-là ; car son père
avait une jolie paire de bœufs, qu'il avait
souvent ajustés et conduits à merveille. Aussitôt que l'enfant vit les grands bœufs du
père Caillaud, qui étaient les mieux tenus,
les mieux nourris et les plus forts de race de
tout le pays, il se sentit chatouillé dans son
orgueil d'avoir si belle aumaille au bout de
son aiguillon. Et puis il était content de
montrer qu'il n'était ni maladroit ni lâche, et

qu'on n'avait rien de nouveau à lui
apprendre. Son père ne manqua pas de le
faire valoir, et quand le moment fut venu de
partir pour les champs, tous les enfants du
père Caillaud, garçons et filles, grands et
petits, vinrent embrasser le besson, et la plus
jeune des filles lui attacha une branchée de
fleurs avec des rubans à son chapeau, parce
que c'était son premier jour de service et
comme un jour de fête pour la famille qui le
recevait. Avant de le quitter, son père lui fit
une admonestation en présence de son nouveau maître, lui commandant de le contenter
en toutes choses et d'avoir soin de son bétail
comme si c'était son bien propre.

Là-dessus, Landry ayant promis de faire
de son mieux, s'en alla au labourage, où il fit
bonne contenance et bon office tout le jour,
et d'où il revint ayant grand appétit ; car
c'était la première fois qu'il travaillait aussi
rude, et un peu de fatigue est un souverain
remède contre le chagrin.

Mais ce fut plus malaisé à passer pour le
pauvre Sylvinet, à la Bessonnière ; car il faut
vous dire que la maison et la propriété du
père Barbeau, situées au bourg de la Cosse,
avaient pris ce nom-là depuis la naissance
des deux enfants, et à cause que, peu de
temps après, une servante de la maison avait
mis au monde une paire de bessonnes qui
n'avaient point vécu. Or, comme les paysans
sont grands donneurs de sornettes et sobri-
quets, la maison et la terre avaient reçu le
nom de Bessonnière ; et partout où se mon-
traient Sylvinet et Landry, les enfants ne

manquaient pas de crier autour d'eux : —
Voilà les bessons de la Bessonnière !

Or donc, il y avait grande tristesse ce
jour-là à la Bessonnière du père Barbeau.
Sitôt que Sylvinet fut éveillé, et qu'il ne vit
point son frère à son côté, il se douta de la
vérité, mais il ne pouvait croire que Landry
pût être parti comme cela sans lui dire
adieu ; et il était fâché contre lui au milieu
de sa peine.

— Qu'est-ce que je lui ai donc fait, disait-il
à sa mère, et en quoi ai-je pu le mécconten-
ter ? Tout ce qu'il m'a conseillé de faire, je
m'y suis toujours rendu ; et quand il m'a
recommandé de ne point pleurer devant
vous, ma mère mignonne, je me suis retenu
de pleurer, tant que la tête m'en sautait. Il
m'avait promis de ne pas s'en aller sans me
dire encore des paroles pour me donner courage, et sans déjeuner avec moi au bout de la
Chenevière, à l'endroit où nous avions coutume d'aller causer et nous amuser tous les
deux. Je voulais lui faire son paquet et lui
donner mon couteau qui vaut mieux que le
sien. Vous lui aviez donc fait son paquet hier
soir sans me rien dire, ma mère, et vous
saviez donc qu'il voulait s'en aller sans me
dire adieu ?

— J'ai fait la volonté de ton père, répondit
la mère Barbeau.

Et elle dit ce qu'elle put s'imaginer pour le
consoler. Il ne voulait entendre à rien ; et ce
ne fut que quand il vit qu'elle pleurait aussi,
qu'il se mit à l'embrasser, à lui demander
pardon d'avoir augmenté sa peine, et à lui

promettre de rester avec elle pour la dédom-
mager. Mais aussitôt qu'elle l'eut quitté pour
vaquer à la basse-cour et à la lessive, il se
prit de courir du côté de la Priche, sans
même songer où il allait, mais se laissant
emporter par son instinct comme un pigeon
qui court après sa pigeonne sans s'embarras-
ser du chemin.

Il aurait été jusqu'à la Priche s'il n'avait
rencontré son père qui en revenait, et qui le
prit par la main pour le ramener, en lui
disant : — Nous irons ce soir, mais il ne faut
pas détemcer ton frère pendant qu'il tra-
vaille, ça ne contenterait pas son maître ;
d'ailleurs la femme de chez nous est dans la
peine, et je compte que c'est toi qui la conso-
leras.

V

Sylvinet revint se pendre aux jupons de sa mère comme un petit enfant, et ne la quitta point de la journée, lui parlant toujours de Landry et ne pouvant pas se défendre de penser à lui, en passant par tous les endroits et recoins où ils avaient eu coutume de passer ensemble. Le soir il alla à la Priche avec son père, qui voulut l'accompagner. Sylvinet était comme fou d'aller embrasser son besson, et il n'avait pas pu souper, tant il avait de hâte à partir. Il comptait que Landry viendrait au-devant de lui, et il s'imaginait toujours le voir accourir. Mais Landry, quoiqu'il en eût bonne envie, ne bougea point. Il craignit d'être moqué par les jeunes gens et les gars de la Priche pour cette amitié bessonnière qui passait pour une sorte de maladie, si bien que Sylvinet le trouva à table, buvant et mangeant comme s'il eût été toute sa vie avec la famille Caillaud.

Aussitôt que Landry le vit entrer, pourtant, le cœur lui sauta de joie, et s'il ne se fût pas contenu, il aurait fait tomber la table et le

banc pour l'embrasser plus vite. Mais il
n'osa, parce que ses maîtres le regardaient
curieusement, se faisant un amusement de
voir dans cette amitié une chose nouvelle et
un phénomène de nature, comme disait le
maître d'école de l'endroit.

Aussi, quand Sylvinet vint se jeter sur lui,
l'embrasser tout en pleurant, et se serrer
contre lui comme un oiseau se pousse dans
le nid contre son frère pour se réchauffer,
Landry fut fâché à cause des autres, tandis
qu'il ne pouvait pourtant pas s'empêcher
d'être content pour son compte ; mais il voulait avoir l'air plus raisonnable que son frère,
et il lui fit de temps en temps signe de
s'observer, ce qui étonna et fâcha grandement Sylvinet. Là-dessus, le père Barbeau
s'étant mis à causer et à boire un coup ou
deux avec le père Caillaud, les deux bessons
sortirent ensemble, Landry voulant bien
aimer et caresser son frère comme en secret.
Mais les autres gars les observèrent de loin ;
et mêmement la petite Solange, la plus jeune
des filles du père Caillaud, qui était maligne
et curieuse comme un vrai linot, les suivit à
petits pas jusque dans la coudrière, riant
d'un air penaud quand ils faisaient attention
à elle, mais n'en démordant point, parce
qu'elle s'imaginait toujours qu'elle allait voir
quelque chose de singulier, et ne sachant
pourtant pas ce qu'il peut y avoir de surpre-
nant dans l'amitié de deux frères.

Sylvinet, quoiqu'il fût étonné de l'air tranquille dont son frère l'avait abordé, ne songea pourtant pas à lui en faire reproche, tant

il était content de se trouver avec lui. Le lendemain, Landry sentant qu'il s'apparte-nait, parce que le père Caillaud lui avait donné licence de tout devoir, il partit de si grand matin qu'il pensa surprendre son frère au lit. Mais malgré que Sylvinet fût le plus dormeur des deux, il s'éveilla dans le moment que Landry passait la barrière de l'ouche, et s'en courut nu-pieds comme si quelque chose lui eût dit que son besson approchait de lui. Ce fut pour Landry une journée de parfait contentement. Il avait du plaisir à revoir sa famille et sa maison, depuis qu'il savait qu'il n'y reviendrait pas tous les jours, et que ce serait pour lui comme une récompense. Sylvinet oublia toute sa peine jusqu'à la moitié du jour. Au déjeuner, il s'était dit qu'il dînerait avec son frère ; mais quand le dîner fut fini ; il pensa que le souper serait le dernier repas, et il commença d'être inquiet et mal à son aise. Il soignait et câlinait son besson à plein cœur, lui donnant ce qu'il y avait de meilleur à manger, le croûton de son pain et le cœur de sa salade ; et puis il s'inquiétait de son habil-lement, de sa chaussure, comme s'il eût dû s'en aller bien loin et comme s'il était bien à plaindre, sans se douter qu'il était lui-même le plus à plaindre des deux, parce qu'il était le plus affligé.

VI

La semaine se passa de même, Sylvinet
allant voir Landry tous les jours, et Landry
s'arrêtant avec lui un moment ou deux
quand il venait du côté de la Bessonnière ;
Landry prenant de mieux en mieux son
parti, Sylvinet ne le prenant pas du tout, et
comptant les jours, les heures, comme une
âme en peine.

Il n'y avait au monde que Landry qui pût
faire entendre raison à son frère. Aussi la
mère eut-elle recours à lui pour l'engager à
se tranquilliser ; car de jour en jour l'affliction du pauvre enfant augmentait. Il ne
jouait plus, il ne travaillait que commandé ;
il promenait encore sa petite sœur, mais
sans presque lui parler et sans songer à
l'amuser, la regardant seulement pour
l'empêcher de tomber et d'attraper du mal.
Aussitôt qu'on n'avait plus les yeux sur lui, il
s'en allait tout seul et se cachait si bien qu'on
ne savait où le prendre. Il entrait dans tous
les fossés, dans toutes les bouchures, dans
toutes les ravines, où il avait eu accoutu-

mance de jouer et de deviser avec Landry, et il s'asseyait sur les racines où ils s'étaient assis ensemble, il mettait ses pieds dans tous les filets d'eau où ils avaient pataugé comme deux vraies canettes ; il était content quand il y retrouvait quelques bouts de bois que Landry avait chapusés avec sa serpette, ou quelques cailloux dont il s'était servi comme de palet ou de pierre à feu. Il les recueillait et les cachait dans un trou d'arbre ou sous une cosse de bois, afin de venir les prendre et les regarder de temps en temps, comme si ç'avait été des choses de conséquence. Il allait toujours se remémorant et creusant dans sa tête pour y retrouver toutes les petites souvenances de son bonheur passé. Ça n'eût paru rien à un autre, et pour lui c'était tout. Il ne prenait point souci du temps à venir, n'ayant courage pour penser à une suite de jours comme ceux qu'il endurait. Il ne pensait qu'au temps passé, et se consumait dans une rêvasserie continuelle.

A des fois, il s'imaginait voir et entendre son besson, et il causait tout seul, croyant lui répondre. Ou bien il s'endormait là où il se trouvait, et rêvant de lui ; et quand il se réveillait, il pleurait d'être seul, ne comptant pas ses larmes et ne les retenant point, parce qu'il espérait qu'à fine force la fatigue userait et abattrait sa peine.

Une fois qu'il avait été vaguer jusqu'au droit des tailles de Champeaux, il retrouva sur le riot qui sort du bois au temps des pluies, et qui était maintenant quasiment tout asséché, un de ces petits moulins que

font les enfants de chez nous avec des gro-
billes, et qui sont si finement agencés qu'ils
tournent au courant de l'eau et restent là
quelquefois bien longtemps, jusqu'à ce que
d'autres enfants les cassent ou que les
grandes eaux les emmènent. Celui que Sylvinet retrouva, sain et entier, était là depuis
plus de deux mois, et, comme l'endroit était
désert, il n'avait été vu ni endommagé par
personne. Sylvinet le reconnaissait bien pour
être l'ouvrage de son besson, et, en le faisant,
ils s'étaient promis de venir le voir ; mais ils
n'y avaient plus songé, et depuis ils avaient
fait bien d'autres moulins dans d'autres
endroits.

Sylvinet fut donc tout aise de le retrouver,
et il le porta un peu plus bas, là où le riot
s'était retiré, pour le voir tourner et se rappeler l'amusement que Landry avait eu à lui
donner le premier branle. Et puis il le laissa,
se faisant un plaisir d'y revenir au premier
dimanche avec Landry, pour lui montrer
comme leur moulin avait résisté, pour être
solide et bien construit.

Mais il ne put se tenir d'y revenir tout seul
le lendemain, et il trouva le bord du riot tout
troublé et tout battu par les pieds des bœufs
qui y étaient venus boire, et qu'on avait mis
pacager le matin dans la taille. Il avança un
petit peu, et vit que les animaux avaient marché sur son moulin et l'avaient si bien mis en
miettes qu'il n'en trouva que peu. Alors il eut
le cœur gros, et s'imagina que quelque malheur avait dû arriver ce jour-là à son besson,
et il courut jusqu'à la Priche pour s'assurer

qu'il n'avait aucun mal. Mais comme il s'était
aperçu que Landry n'aimait pas à le voir
venir sur le jour, à cause qu'il craignait de
fâcher son maître en se laissant détemcer, il
se contenta de le regarder de loin pendant
qu'il travaillait, et il ne se fit point voir à lui.
Il aurait eu honte de confesser quelle idée
l'avait fait accourir, et il s'en retourna sans
mot dire et sans en parler à personne, que
bien longtemps après.

Comme il devenait pâle, dormait mal et ne
mangeait quasi point, sa mère était bien
affligée et ne savait que faire pour le consoler. Elle essayait de le mener avec elle au
marché, ou de l'envoyer aux foires à bestiaux
avec son père ou ses oncles ; mais de rien il
ne se souciait ni ne s'amusait, et le père
Barbeau, sans lui en rien dire, essayait de
persuader au père Caillaud de prendre les
deux bessons à son service. Mais le père
Caillaud lui répondait une chose dont il sentait la raison.

— Un supposé que je les prendrais tous
deux pour un temps, ça ne pourrait pas
durer, car, là où il faut un serviteur, il n'en
est besoin de deux pour des gens comme
nous. Au bout de l'année, il vous faudrait
toujours en louer un quelque autre part. Et
ne voyez-vous pas que si votre Sylvinet était
dans un endroit où on le forçât de travailler,
il ne songerait pas tant, et ferait comme
l'autre, qui en a pris bravement son parti ?
Tôt ou tard il faudra en venir là. Vous ne le
louerez peut-être pas où vous voudrez, et si
ces enfants doivent encore être plus éloignés

l'un de l'autre, et ne se voir que de semaine en semaine, ou de mois en mois, il vaut mieux commencer à les accoutumer à n'être pas toujours dans la poche l'un de l'autre. Soyez donc plus raisonnable que cela, mon vieux, et ne faites pas tant d'attention au caprice d'un enfant que votre femme et vos autres enfants ont trop écouté et trop câliné. Le plus fort est fait, et croyez bien qu'il s'habituera au reste si vous ne cédez point.

Le père Barbeau se rendait et reconnaissait que plus Sylvinet voyait son besson, tant plus il avait envie de le voir. Et il se promettait, à la prochaine Saint-Jean, d'essayer de le louer, afin que voyant de moins en moins Landry, il prît finalement le pli de vivre comme les autres et de ne pas se laisser surmonter par une amitié qui tournait en fièvre et en langueur.

Mais il ne fallait point encore parler de cela à la mère Barbeau ; car, au premier mot, elle versait toutes les larmes de son corps. Elle disait que Sylvinet était capable de se périr, et le père Barbeau était grandement embarrassé.

Landry, étant conseillé par son père et par son maître, et aussi par sa mère, ne manquait point de raisonner son pauvre besson ; mais Sylvinet ne se défendait point, promettait tout, et ne se pouvait vaincre. Il y avait dans sa peine quelque autre chose qu'il ne disait point, parce qu'il n'eût su comment le dire : c'est qu'il lui était poussé dans le fin-fond du cœur une jalousie terrible à l'endroit de Landry. Il était content, plus content que

jamais il ne l'avait été, de voir qu'un chacun
le tenait en estime et que ses nouveaux
maîtres le traitaient aussi amiteusement que
s'il avait été l'enfant de la maison. Mais si
cela le réjouissait d'un côté, de l'autre il
s'affligeait et s'offensait de voir Landry
répondre trop, selon lui, à ces nouvelles amitiés. Il ne pouvait souffrir que, sur un mot du
père Caillaud, tant doucement et patiemment qu'il fût appelé, il courût vivement au-
devant de son vouloir, laissant là père, mère
et frère, plus inquiet de manquer à son
devoir qu'à son amitié, et plus prompt à
l'obéissance que Sylvinet ne s'en serait senti
capable quand il s'agissait de rester quelques
moments de plus avec l'objet d'un amour si
fidèle.

Alors le pauvre enfant se mettait en l'esprit
un souci que, devant, il n'avait eu, à savoir
qu'il était le seul à aimer, et que son amitié
lui était mal rendue ; que cela avait dû exis-
ter de tout temps sans être venu d'abord à sa
connaissance ; ou bien que, depuis un
temps, l'amour de son besson s'était refroidi,
parce qu'il avait rencontré par ailleurs des
personnes qui lui convenaient mieux et lui
agréaient davantage.

VII

Landry ne pouvait pas deviner cette jalousie de son frère ; car, de son naturel, il n'avait eu, quant à lui, jalousie de rien en sa vie. Lorsque Sylvinet venait le voir à la Priche, Landry, pour le distraire, le conduisait voir les grands bœufs, les belles vaches, le brebiage conséquent et les grosses récoltes du fermage au père Caillaud ; car Landry estimait et considérait tout cela, non par envie, mais pour le goût qu'il avait au travail de la terre, à l'élevage des bestiaux, et pour le beau et le bien fait dans toutes les choses de la campagne. Il prenait plaisir à voir propre, grasse et reluisante, la pouliche qu'il menait au pré, et il ne pouvait souffrir que le moindre ouvrage fût fait sans conscience, ni qu'aucune chose pouvant vivre et fructifier, fût délaissée, négligée et comme méprisée, emmy les cadeaux du bon Dieu. Sylvinet regardait tout cela avec indifférence et s'étonnait que son frère prît tant à cœur des choses qui ne lui étaient de rien. Il était ombrageux de tout, et disait à Landry :

— Te voilà bien épris de ces grands bœufs ; tu ne penses plus à nos petits taurins qui sont si vifs et qui étaient pourtant si doux et si mignons avec nous deux, qu'ils se laissaient lier par toi plus volontiers que par notre père. Tu ne m'as pas seulement demandé des nouvelles de notre vache qui donne du si bon lait, et qui me regarde d'un air tout triste, la pauvre bête, quand je lui porte à manger, comme si elle comprenait que je suis tout seul, et comme si elle voulait me demander où est l'autre besson.

— C'est vrai qu'elle est une bonne bête, disait Landry ; mais regarde donc celles d'ici ! tu les verras traire, et jamais de ta vie tu n'auras vu tant de lait à la fois.

— Ça se peut, reprenait Sylvinet, mais pour être d'aussi bon lait et d'aussi bonne crème que la crème et le lait de la Brunette, je gage bien que non, car les herbes de la Bessonnière sont meilleures que celles de par ici.

— Diantre ! disait Landry, je crois bien que mon père échangerait pourtant de bon cœur, si on lui donnait les grands foins du père Caillaud pour sa joncière du bord de l'eau !

— Bah ! reprenait Sylvinet en levant les épaules, il y a dans la joncière des arbres plus beaux que tous les vôtres, et tant qu'au foin, s'il est rare, il est fin, et quand on le rentre, c'est comme une odeur de baume qui reste tout le long du chemin.

Ils disputaient ainsi sur rien, car Landry savait bien qu'il n'est point de plus bel avoir que celui qu'on a, et Sylvinet ne pensait pas à son avoir plus qu'à celui d'autrui, en méprisant celui de la Priche ; mais au fond de toutes ces paroles en l'air, il y avait, d'une part, l'enfant qui était content de travailler et de vivre, n'importe où et comment, et de l'autre, celui qui ne pouvait point comprendre que son frère eût à part de lui un moment d'aise et de tranquillité.

Si Landry le menait dans le jardin de son maître, et que tout en devisant avec lui, il s'interrompît pour couper une branche morte sur une ente, ou pour arracher une mauvaise herbe qui gênait les légumes, cela fâchait Sylvinet, qu'il eût toujours une idée d'ordre et de service pour autrui, au lieu d'être comme lui à l'affût du moindre souffle et de la moindre parole de son frère. Il n'en faisait rien paraître parce qu'il avait honte de se sentir si facile à choquer ; mais au moment de le quitter, il lui disait souvent : — Allons, tu as bien assez de moi pour aujourd'hui ; peut-être bien que tu en as trop et que le temps te dure de me voir ici.

Landry ne comprenait rien à ces reproches-là. Ils lui faisaient de la peine, et, à son tour, il en faisait reproche à son frère qui ne voulait ni ne pouvait s'expliquer.

Si le pauvre enfant avait la jalousie des moindres choses qui occupaient Landry, il avait encore plus fort celle des personnes à qui Landry montrait de l'attachement. Il ne pouvait souffrir que Landry fût camarade et de bonne humeur avec les autres gars de la Priche, et quand il le voyait prendre soin de la petite Solange, la caresser ou l'amuser, il lui reprochait d'oublier sa petite sœur Nanette, qui était, à son dire, cent fois plus mignonne, plus propre et plus aimable que cette vilaine fille-là.

Mais comme on n'est jamais dans la justice quand on se laisse manger le cœur par la jalousie, lorsque Landry venait à la Bessonnière, il paraissait s'occuper trop, selon lui, de sa petite sœur. Sylvinet lui reprochait de ne faire attention qu'à elle, et de n'avoir plus avec lui que de l'ennui et de l'indifférence.

Enfin, son amitié devint peu à peu si exigeante et son humeur si triste, que Landry commençait à en souffrir et à ne pas se trouver heureux de le voir trop souvent. Il était un peu fatigué de s'entendre toujours reprocher d'avoir accepté son sort comme il le faisait, et on eût dit que Sylvinet se serait trouvé aussi malheureux s'il eût pu rendre son frère moins malheureux que lui. Landry comprit et voulut lui faire comprendre que l'amitié, à force d'être grande, peut quelquefois devenir un mal. Sylvinet ne voulut point entendre cela, et considéra même la chose comme une grande dureté que son frère lui disait ; si bien qu'il commença à le bouder de temps en temps, et à passer des semaines entières sans aller à la Priche, mourant d'envie pourtant de le faire, mais s'en défendant et mettant de l'orgueil dans une chose où jamais il n'aurait dû y en entrer un brin.

Il arriva même que, de paroles en paroles, et de fâcheries en fâcheries, Sylvinet, prenant toujours en mauvaise part tout ce que

Landry lui disait de plus sage et de plus
honnête pour lui remettre l'esprit, le pauvre
Sylvinet en vint à avoir tant de dépit qu'il
s'imaginait par moment haïr l'objet de tant
d'amour, et qu'il quitta la maison, un
dimanche, pour ne point passer la journée
avec son frère, qui n'avait pourtant pas une
seule fois manqué d'y venir.

Cette mauvaiseté d'enfant chagrina grandement Landry. Il aimait le plaisir et la tur-
bulence, parce que, chaque jour, il devenait
plus fort et plus dégagé. Dans tous les jeux, il
était le premier, le plus subtil de corps et
d'œil. C'était donc un petit sacrifice qu'il faisait à son frère, de quitter les joyeux gars de
la Priche, chaque dimanche, pour passer
tout le jour à la Bessonnière, où il ne fallait
point parler à Sylvinet d'aller jouer sur la
place de la Cosse, ni même de se promener
ici ou là. Sylvinet, qui était resté enfant de
corps et d'esprit beaucoup plus que son
frère, et qui n'avait qu'une idée, celle de
l'aimer uniquement et d'en être aimé de
même, voulait qu'il vînt avec lui tout seul
dans *leurs* endroits, comme il disait, à savoir
dans les recoins et cachettes où ils avaient
été s'amuser à des jeux qui n'étaient maintenant plus de leur âge : comme de faire
petites brouettes d'osier, ou petits moulins,
ou saulnées à prendre les petits oiseaux ; ou
encore des maisons avec des cailloux, et des
champs grands comme un mouchoir de
poche, que les enfants font mine de labourer
à plusieurs façons, faisant imitation en petit
de ce qu'ils voient faire aux laboureurs,

semeurs, herseurs, héserbeurs et moisson-
neurs, et s'apprenant ainsi les uns aux
autres, dans une heure de temps, toutes les
façons, cultures et récoltes que reçoit et
donne la terre dans le cours de l'année.

Ces amusements-là n'étaient plus du goût
de Landry qui maintenant pratiquait ou
aidait à pratiquer la chose en grand, et qui
aimait mieux conduire un grand charroi à
six beoufs, que d'attacher une petite voiture
de branchages à la queue de son chien. Il
aurait souhaité aller s'escrimer avec les forts
gars de son endroit, jouer aux grandes
quilles, vu qu'il était devenu adroit à enlever
la grosse boule et à la faire rouler à point à
trente pas. Quand Sylvinet consentait à y
aller, au lieu de jouer il se mettait dans un
coin sans rien dire, tout prêt à s'ennuyer et à
se tourmenter si Landry avait l'air de
prendre au jeu trop de plaisir et de feu.

Enfin Landry avait appris à danser à la
Priche, et quoique ce goût lui fût venu tard, à
cause que Sylvinet ne l'avait jamais eu, il
dansait déjà aussi bien que ceux qui s'y
prennent dès qu'ils savent marcher. Il était
estimé bon danseur de bourrée à la Priche,
et quoiqu'il n'eût pas encore de plaisir à
embrasser les filles, comme c'est la coutume
de le faire à chaque danse, il était content de
les embrasser, parce que cela le sortait, par
apparence, de l'état d'enfant ; et il eût même
souhaité qu'elles y fissent un peu de façon
comme elles font avec les hommes. Mais
elles n'en faisaient point encore, et mêmement les plus grandes le prenaient par le cou
en riant, ce qui l'ennuyait un peu.

Sylvinet l'avait vu danser une fois, et cela
avait été cause d'un de ses plus grands
dépits. Il avait été si en colère de le voir
embrasser une des filles du père Caillaud,
qu'il avait pleuré de jalousie et trouvé la
chose tout à fait indécente et malchrétienne.

Ainsi donc, chaque fois que Landry sacri-
fiait son amusement à l'amitié de son frère, il
ne passait pas un dimanche bien divertis-
sant, et pourtant il n'y avait jamais manqué,
estimant que Sylvinet lui en saurait gré, et ne
regrettant pas un peu d'ennui dans l'idée de
donner du contentement à son frère.

Aussi quand il vit que son frère, qui lui
avait cherché castille dans la semaine, avait
quitté la maison pour ne pas se réconcilier
avec lui, il prit à son tour du chagrin, et,
pour la première fois depuis qu'il avait quitté
sa famille, il pleura à grosses larmes et alla
se cacher, ayant toujours honte de montrer
son chagrin à ses parents, et craignant d'augmenter celui qu'ils pouvaient avoir.

Si quelqu'un eût dû être jaloux, Landry y
aurait eu pourtant plus de droits que Sylvinet. Sylvinet était le mieux aimé de la mère,
et mêmement le père Barbeau, quoiqu'il eût
une préférence secrète pour Landry, montrait à Sylvinet plus de complaisance et de
ménagement. Ce pauvre enfant étant le
moins fort et le moins raisonnable, était
aussi le plus gâté, et l'on craignait davantage
de le chagriner. Il avait le meilleur sort,
puisqu'il était dans la famille et que son besson avait pris pour lui l'absence et la peine.

Pour la première fois le bon Landry se fit

tout ce raisonnement, et trouva son besson tout à fait injuste envers lui. Jusque-là son bon cœur l'avait empêché de lui donner tort, et, plutôt que de l'accuser, il s'était condamné en lui-même d'avoir trop de santé, et trop d'ardeur au travail et au plaisir, et de ne pas savoir dire d'aussi douces paroles, ni s'aviser d'autant d'attentions fines que son frère. Mais, pour cette fois, il ne put trouver en lui-même aucun péché contre l'amitié ; car, pour venir ce jour-là, il avait renoncé à une belle partie de pêche aux écrevisses que les gars de la Priche avaient complotée toute la semaine, et où ils lui avaient promis bien du plaisir s'il voulait aller avec eux. Il avait donc résisté à une grande tentation, et, à cet âge-là, c'était beaucoup faire. Après qu'il eut bien pleuré, il s'arrêta à écouter quelqu'un qui pleurait aussi pas loin de lui, et qui causait tout seul, comme c'est assez la coutume des femmes de campagne quand elles ont un grand chagrin. Landry connut bien vite que c'était sa mère, et il courut à elle.

— Hélas ! faut-il, mon Dieu, disait-elle tout en sanglotant, que cet enfant-là me donne tant de souci ! Il me fera mourir, c'est bien sûr.

— Est-ce moi, ma mère, qui vous donne du souci ? s'exclama Landry en se jetant à son cou. Si c'est moi, punissez-moi et ne pleurez point. Je ne sais pas en quoi j'ai pu vous fâcher, mais je vous en demande pardon tout de même.

A ce moment-là, la mère connut que Lan-

dry n'avait pas le cœur dur comme elle se
l'était souvent imaginé. Elle l'embrassa bien
fort, et, sans trop savoir ce qu'elle disait, tant
elle avait de peine, elle lui dit que c'était
Sylvinet, et non pas lui, dont elle se plaignait ; que, quant à lui, elle avait eu quelquefois une idée injuste, et qu'elle lui en
faisait réparation ; mais que Sylvinet lui
paissait devenir fou, et qu'elle était dans
l'inquiétude, parce qu'il était parti sans rien
manger, avant le jour. Le soleil commençait
à descendre, et il ne revenait pas. On l'avait
vu à midi du côté de la rivière, et finalement
la mère Barbeau craignait qu'il ne s'y fût jeté
pour finir ses jours.

VIII

Cette idée, que Sylvinet pouvait avoir eu envie de se détruire, passa de la tête de la mère dans celle de Landry aussi aisément qu'une mouche dans une toile d'araignée, et il se mit vivement à la recherche de son frère. Il avait bien du chagrin tout en courant, et il se disait : — Peut-être que ma mère avait raison autrefois de me reprocher mon cœur dur. Mais, à cette heure, il faut que Sylvinet ait le sien bien malade pour faire toute cette peine à notre pauvre mère et à moi.

Il courut de tous les côtés sans le retrouver, l'appelant sans qu'il lui répondit, le demandant à tout le monde, sans qu'on pût lui en donner nouvelles. Enfin il se trouva au droit du pré de la Joncière, et il y entra, parce qu'il se souvint qu'il avait par là un endroit que Sylvinet affectionnait. C'était une grande coupure que la rivière avait faite dans les terres en déracinant deux ou trois vergnes qui étaient restés en travers de l'eau, les racines en l'air. Le père Barbeau n'avait

pas voulu les retirer. Il les avait sacrifiés
parce que, de la manière qu'ils étaient tom-
bés, ils retenaient encore les terres qui res-
taient prises en gros cossons dans leurs
racines, et cela était bien à propos ; car l'eau
faisait tous les hivers beaucoup de dégâts
dans sa joncière et chaque année lui mangeait un morceau de son pré.

Landry approcha donc de la coupure, car
son frère et lui avaient pris la coutume
d'appeler comme cela cet endroit de leur
joncière. Il ne prit pas le temps de tourner
jusqu'au coin où ils avaient fait eux-mêmes
un petit escalier · en mottes de gazon
appuyées sur des pierres et des *racicots*, qui
sont de grosses racines sortant de terre et
donnant du rejet. Il sauta du plus haut qu'il
put pour arriver vitement au fond de la coupure, à cause qu'il y avait au droit de la rive
de l'eau tant de branchages et d'herbes plus
hautes que sa taille, que si son frère s'y fût
trouvé, il n'eût pu le voir, à moins d'y entrer.

Il y entra donc, en grand émoi, car il avait
toujours dans son idée, ce que sa mère lui
avait dit, que Sylvinet était dans le cas
d'avoir voulu finir ses jours. Il passa et
repassa dans tous les feuillages et battit tous
les grands herbages, appelant Sylvinet en sifflant le chien qui sans doute l'avait suivi, car
de tout le jour on ne l'avait point vu à la
maison non plus que son jeune maître.

Mais Landry eut beau appeler et chercher,
il se trouva tout seul dans la coupure.
Comme c'était un garçon qui faisait toujours
bien les choses et s'avisait de tout ce qui est à

propos, il examina toutes les rives pour voir
s'il n'y trouverait pas quelque marque de
pied, ou quelque petit éboulement de terre
qui n'eût point coutume d'y être. C'est une
recherche bien triste et aussi bien embarras-
sante, car il y avait environ un mois que
Landry n'avait vu l'endroit, et il avait beau le
connaître comme on connaît sa main, il ne
se pouvait faire qu'il n'y eût toujours quelque
petit changement. Toute la rive droite était
gazonnée, et mêmement, dans tout le fond
de la coupure, le jonc et la prêle avaient
poussé si dru dans le sable, qu'on ne pouvait
voir un coin grand comme le pied pour y
chercher une empreinte. Cependant, à force
de tourner et de retourner, Landry trouva
dans un fond la piste du chien, et même un
endroit d'herbes foulées, comme si Finot ou
tout autre chien de sa taille s'y fût couché en
rond.

Cela lui donna bien à penser, et il alla
encore examiner la berge de l'eau. Il s'imagina trouver une déchirure toute fraîche,
comme si une personne l'avait faite avec son
pied en sautant, ou en se laissant glisser, et
quoique la chose ne fût point claire, car ce
pouvait tout aussi bien être l'ouvrage d'un de
ces gros rats d'eau qui fourragent, creusent
et rongent en pareils endroits, il se mit si fort
en peine, que ses jambes lui manquaient, et
qu'il se jeta sur ses genoux, comme pour se
recommander à Dieu.

Il resta comme cela un peu de temps,
n'ayant ni force ni courage pour aller dire à
quelqu'un ce dont il était si fort angoissé, et

regardant la rivière avec des yeux tout gros de larmes, comme s'il voulait lui demander compte de ce qu'elle avait fait de son frère.

Et, pendant ce temps-là, la rivière coulait bien tranquillement, frétillant sur les branches qui pendaient et trempaient le long des rives, et s'en allant dans les terres, avec un petit bruit, comme de quelqu'un qui rit et se moque à la sourdine.

Le pauvre Landry se laissa gagner et surmonter par son idée de malheur, si fort qu'il en perdait l'esprit, et que, d'une petite apparence qui pouvait bien ne rien présager, il se faisait une affaire à désespérer du bon Dieu.

— Cette méchante rivière qui ne dit mot, pensait-il, et qui me laisserait bien pleurer un an sans me rendre mon frère, est justement là au plus creux, et il y est tombé tant de cosses d'arbres depuis le temps qu'elle ruine le pré, que si on y entrait on ne pourrait jamais s'en retirer. Mon Dieu ! faut-il que mon pauvre besson soit peut-être là, tout au fond de l'eau, couché à deux pas de moi, sans que je puisse le voir ni le retrouver dans les branches et dans les roseaux, quand même j'essayerais d'y descendre !

Là-dessus il se mit à pleurer son frère et à lui faire des reproches ; et jamais de sa vie il n'avait eu un pareil chagrin.

Enfin l'idée lui vint d'aller consulter une femme veuve, qu'on appelait la mère Fadet, et qui demeurait tout au bout de la Joncière, rasibus du chemin qui descend au gué. Cette femme, qui n'avait ni terre ni avoir autre que son petit jardin et sa petite maison, ne cher-

chait pourtant point son pain, à cause de
beaucoup de connaissance qu'elle avait sur
les maux et dommages du monde ; et, de
tous côtés, on venait la consulter. Elle pan-
sait *du secret*, c'est comme qui dirait qu'au
moyen du *secret*, elle guérissait les blessures,
foulures et autres estropisons. Elle s'en faisait bien un peu accroire, car elle vous ôtait
des maladies que vous n'aviez jamais eues,
telles que le décrochement de l'estomac ou la
chute de la toile du ventre, et pour ma part,
je n'ai jamais ajouté foi entière à ces acci-
dents-là, non plus que je n'accorde grande
croyance à ce qu'on disait d'elle, qu'elle pouvait faire passer le lait d'une bonne vache
dans le corps d'une mauvaise, tant vieille et
mal nourrie fût-elle.

Mais pour ce qui est des bons remèdes
qu'elle connaissait et qu'elle appliquait au
refroidissement du corps, que nous appelons
sanglaçure ; pour les emplâtres souverains
qu'elle mettait sur les coupures et brûlures ;
pour les boissons qu'elle composait à
l'encontre de la fièvre, il n'est point douteux
qu'elle gagnait bien son argent et qu'elle a
guéri nombre de malades que les médecins
auraient fait mourir si l'on avait essayé de
leurs remèdes. Du moins elle le disait, et
ceux qu'elle avait sauvés aimaient mieux la
croire que de s'y risquer.

Comme, dans la campagne, on n'est
jamais savant sans être quelque peu sorcier,
beaucoup pensaient que la mère Fadet en
savait encore plus long qu'elle ne voulait le
dire, et on lui attribuait de pouvoir faire

retrouver les choses perdues, mêmement les personnes ; enfin, de ce qu'elle avait beaucoup d'esprit et de raisonnement pour vous aider à sortir de peine dans beaucoup de choses possibles, on inférait qu'elle pouvait en faire d'autres qui ne le sont pas.

Comme les enfants écoutent volontiers toutes sortes d'histoires, Landry avait ouï dire à la Priche, où le monde est notoirement crédule et plus simple qu'à la Cosse, que la mère Fadet, au moyen d'une certaine graine qu'elle jetait sur l'eau en disant des paroles, pouvait faire retrouver le corps d'une personne noyée. La graine surnageait et coulait le long de l'eau, et, là où on la voyait s'arrêter, on était sûr de retrouver le pauvre corps. Il y en a beaucoup qui pensent que le pain bénit a la même vertu, et il n'est guère de moulins où on n'en conserve toujours à cet effet. Mais Landry n'en avait point, la mère Fadet demeurait tout à côté de la Joncière, et le chagrin ne donne pas beaucoup de raisonnement.

Le voilà donc de courir jusqu'à la demeurance de la mère Fadet, et de lui conter sa peine, en la priant de venir jusqu'à la coupure avec lui pour essayer par son secret de lui faire retrouver son frère, vivant ou mort.

Mais la mère Fadet, qui n'aimait point à se voir outrepassée de sa réputation, et qui n'exposait pas volontiers son talent pour rien, se gaussa de lui et le renvoya même assez durement, parce qu'elle n'était pas contente que, dans le temps, on eût employé la Sagette à sa place, pour les femmes en mal d'enfant au logis de la Bessonnière.

Landry, qui était un peu fier de son naturel, se serait peut-être plaint ou fâché dans
un autre moment : mais il était si accablé
qu'il ne dit mot et s'en retourna du côté de la
coupure, décidé à se mettre à l'eau, bien qu'il
ne sût encore plonger ni nager. Mais, comme
il marchait la tête basse et les yeux fichés en
terre, il sentit quelqu'un qui lui tapait
l'épaule, et se retournant il vit la petite-fille
de la mère Fadet, qu'on appelait dans le pays
la petite Fadette, autant pour ce que c'était
son nom de famille que pour ce qu'on voulait
qu'elle fût un peu sorcière aussi. Vous savez
tous que le fadet ou le farfadet, qu'en
d'autres endroits on appelle aussi le follet,
est un lutin fort gentil, mais un peu mali-
cieux. On appelle aussi fades les fées auxquelles, du côté de chez nous, on ne croit
plus guère. Mais que cela voulût dire une
petite fée, ou la femelle du lutin, chacun en
la voyant s'imaginait voir le follet, tant elle
était petite, maigre, ébouriffée et hardie.
C'était un enfant très-causeur et très-
moqueur, vif comme un papillon, curieux
comme un rouge-gorge et noir comme un
grelet.

Et quand je mets la petite Fadette en
comparaison avec un grelet, c'est vous dire
qu'elle n'était pas belle, car ce pauvre petit
cricri des champs est encore plus laid que
celui des cheminées. Pourtant, si vous vous
souvenez d'avoir été enfant et d'avoir joué
avec lui en le faisant enrager, et crier dans
votre sabot, vous devez savoir qu'il a une
petite figure qui n'est pas sotte, et qui donne

plus envie de rire que de se fâcher : aussi les enfants de la Cosse, qui ne sont pas plus-bêtes que d'autres, et qui, aussi bien que les autres, observent les ressemblances et trouvent les comparaisons, appelaient-ils la petite Fadette le *grelet*, quand ils voulaient la faire enrager, mêmment quelquefois par manière d'amitié ; car en la craignant un peu pour sa malice, ils ne la détestaient point, à cause qu'elle leur faisait toutes sortes de contes et leur apprenait toujours des jeux nouveaux qu'elle avait l'esprit d'inventer.

Mais tous ses noms et surnoms me feraient bien oublier celui qu'elle avait reçu au baptême et que vous auriez peut-être plus tard envie de savoir.Elle s'appelait Françoise ; c'est pourquoi sa grand'mère, qui n'aimait point à changer les noms, l'appelait toujours Fanchon.

Comme il y avait depuis longtemps une pique entre les gens de la Bessonnière et la mère Fadet, les bessons ne parlaient pas beaucoup à la petite Fadette, mêmement ils avaient comme un éloignement pour elle, et n'avaient jamais bien volontiers joué avec elle ni avec son petit frère, le *sauteriot*, qui était encore plus sec et plus malin qu'elle,et qui était toujours pendu à son côté, se fâchant quand elle courait sans l'attendre, essayant de lui jeter des pierres quand elle se moquait de lui, enrageant plus qu'il n'était gros, et la faisant enrager plus qu'elle ne voulait, car elle était d'humeur gaie et portée à rire de tout. Mais il y avait une telle idée sur le compte de la mère Fadet, que certains,

et notamment ceux du père Barbeau, s'ima-
ginaient que le *grelet* et le *sauteriot*, ou, si
vous l'aimez mieux, le grillon et la sauterelle,
leur porteraient malheur s'ils faisaient amitié avec eux. Ça n'empêchait point ces deux
enfants de leur parler, car ils n'étaient point
honteux, et la petite Fadette ne manquait
d'accoster les *bessons de la Bessonnière*, par
toutes sortes de drôleries et de sornettes, du
plus loin qu'elle les voyait venir de son côté.

IX

Adoncques le pauvre Landry, en se retournant, un peu ennuyé du coup qu'il venait de recevoir à l'épaule, vit la petite Fadette, et, pas loin derrière elle, Jeanet le sauteriot, qui la suivait en clopant, vu qu'il était ébiganché et mal jambé de naissance.

D'abord Landry voulut de ne pas faire attention et continuer son chemin, car il n'était point en humeur de rire, mais la Fadette lui dit, en récidivant sur son autre épaule : — Au loup ! au loup ! Le vilain besson, moitié de gars qui a perdu son autre moitié !

Là-dessus Landry, qui n'était pas plus en train d'être insulté que d'être taquiné, se retourna derechef et allongea à la petite Fadette un coup de poing qu'elle eût bien senti si elle ne l'eût esquivé, car le besson allait sur ses quinze ans, et il n'était pas manchot : et elle, qui allait sur ses quatorze, était si menue et si petite, qu'on ne lui en eût pas donné douze, et qu'à la voir on eût cru qu'elle allait se casser, pour peu qu'on y touchât.

Mais elle était trop avisée et trop alerte pour attendre les coups, et ce qu'elle perdait en force dans les jeux de mains, elle le gagnait en vitesse et en traîtrise. Elle sauta de côté si à point, que pour bien peu Landry aurait été donner du poing et du nez dans un gros arbre qui se trouvait entre eux.

— Méchant grelet, lui dit alors le pauvre besson tout en colère, il faut que tu n'aies pas de cœur pour venir agacer un quelqu'un qui est dans la peine comme j'y suis. Il y a longtemps que tu veux m'émalicer en m'appelant moitié de garçon. J'ai bien envie aujourd'hui de vous casser en quatre, toi et ton vilain sauteriot, pour voir si, à vous deux, vous ferez le quart de quelque chose de bon.

— Oui-dà, le beau besson de la Bessonnière, seigneur de la Joncière au bord de la rivière, répondit la petite Fadette en ricanant toujours, vous être bien sot de vous mettre mal avec moi qui venais vous donner des nouvelles de votre besson et vous dire où vous le retrouverez.

— Ça, c'est différent, reprit Landry en s'apaisant bien vite ; si tu le sais, Fadette, dis-le-moi, et j'en serai content.

— Il n'y a pas plus de Fadette que de grelet pour avoir envie de vous contenter à cette heure, répliqua encore la petite. Vous m'avez dit des sottises, et vous m'auriez frappée si vous n'étiez pas si lourd et si pôtu. Cherchez-le donc tout seul, votre imbriaque de besson, puisque vous êtes si savant pour le retrouver.

— Je suis bien sot de t'écouter, méchante
fille, dit alors Landry en lui tournant le dos
et en se remettant à marcher. Tu ne sais pas
plus que moi où est mon frère, et tu n'es pas
plus savante là-dessus que ta grand'mère,
qui est une vieille menteuse et une pas
grand'chose.

Mais la petite Fadette, tirant par une patte
son sauteriot, qui avait réussi à la rattraper
et à se pendre à son mauvais jupon tout
cendroux, se mit à suivre Landry, toujours
ricanant et toujours lui disant que sans elle il
ne retrouverait jamais son besson. Si bien
que Landry, ne pouvant se débarrasser
d'elle, et s'imaginant que, par quelque sorcellerie, sa grand'mère ou peut-être elle-même,
par quelque accointance avec le follet de la
rivière, l'empêcheraient de retrouver Sylvinet, prit son parti de tirer en sus de la Joncière et de s'en revenir à la maison.

La petite Fadette le suivit jusqu'au sautoir
du pré, et là, quand il l'eut descendu, elle se
percha comme une pie sur la barre, et lui
cria : — Adieu donc, le beau besson sans
cœur, qui laisse son frère derrière lui. Tu
auras beau l'attendre pour souper, tu ne le
verras pas d'aujourd'hui ni de demain non
plus ; car là où il est, il ne bouge non plus
qu'une pauvre pierre, et voilà l'orage qui
vient. Il y aura des arbres dans la rivière
encore cette nuit, et la rivière emportera Sylvinet si loin, si loin, que jamais plus tu ne le
retrouveras.

Toutes ces mauvaises paroles, que Landry
écoutait quasi malgré lui, lui firent passer la

sueur froide par tout le corps. Il n'y croyait
pas absolument, mais enfin la famille Fadet
était réputée avoir tel entendement avec le
diable, qu'on ne pouvait pas être bien assuré
qu'il n'en fût rien.

— Allons, Fanchon, dit Landry en s'arrêtant, veux-tu, oui ou non, me laisser tranquille, ou me dire si, de vrai, tu sais quelque
chose de mon frère ?

— Et qu'est-ce que tu me donneras si,
avant que la pluie ait commencé de tomber,
je te le fais retrouver ? dit la Fadette en se
dressant debout sur la barre du sautoir, et en
remuant les bras comme si elle voulait
s'envoler.

Landry ne savait pas ce qu'il voulait lui
promettre, et il commençait à croire qu'elle
voulait l'affiner pour lui tirer quelque argent.
Mais le vent qui soufflait dans les arbres et le
tonnerre qui commençait à gronder lui mettaient dans le sang comme une fièvre de
peur. Ce n'est pas qu'il craignît l'orage, mais,
de fait, cet orage-là était venu tout d'un coup
et d'une manière qui ne lui paraissait pas
naturelle. Possible est que, dans son tourment, Landry ne l'eût pas vu monter derrière
les arbres de la rivière, d'autant plus que se
tenant depuis deux heures dans le fond du
Val, il n'avait pu voir le ciel que dans le
moment où il avait gagné le haut. Mais, en
fait, il ne s'était avisé de l'orage qu'au
moment où la petite Fadette le lui avait
annoncé ; et, tout aussitôt, son jupon s'était
enflé ; ses vilains cheveux noirs sortant de sa
coiffe, qu'elle avait toujours mal attachée, et

quintant sur une oreille, s'étaient dressés comme des crins ; le sauteriot avait eu sa casquette emportée par un grand coup de vent, et c'était à grand'peine que Landry avait pu empêcher son chapeau de s'envoler aussi.

Et puis le ciel, en deux minutes, était devenu tout noir, et la Fadette, debout sur la barre, lui paraissait deux fois plus grande qu'à l'ordinaire ; enfin Landry avait peur, il faut bien le confesser.

— Fanchon, lui dit-il, je me rends à toi, si tu me rends mon frère. Tu l'as peut-être vu ; tu sais peut-être bien où il est. Sois bonne fille. Je ne sais pas quel amusement tu peux trouver dans ma peine. Montre-moi ton bon cœur, et je croirai que tu vaux mieux que ton air et tes paroles.

— Et pourquoi serais-je bonne fille pour toi ? reprit-elle, quand tu me traites de méchante sans que je t'aie jamais fait de mal ! Pourquoi aurais-je bon cœur pour deux bessons qui sont fiers comme deux coqs, et qui ne m'ont jamais montré la plus petite amitié ?

— Allons, Fadette, reprit Landry, tu veux que je te promette quelque chose ; dis-moi vite de quoi tu as envie, et je te le donnerai. Veux-tu mon couteau neuf ?

— Fais-le voir, dit la Fadette en sautant comme une grenouille à côté de lui.

Et quand elle eut vu le couteau, qui n'était pas vilain et que le parrain de Landry avait payé dix sous à la dernière foire, elle en fut tentée un moment ; mais bientôt, trouvant que c'était trop peu, elle lui demanda s'il lui donnerait bien plutôt sa petite poule blanche, qui n'était pas plus grosse qu'un pigeon, et qui avait des plumes jusqu'au bout des doigts.

— Je ne peux pas te promettre ma poule blanche, parce qu'elle est à ma mère, répondit Landry ; mais je te promets de la demander pour toi, et je répondrais que ma mère ne la refusera pas, parce qu'elle sera si contente de revoir Sylvinet, que rien ne lui coûtera pour te récompenser.

— Oui dà ! reprit la petite Fadette, et si j'avais envie de votre chebril à nez noir, la mère Barbeau me le donnerait-elle aussi ?

— Mon dieu ! mon Dieu ! que tu es donc longue à te décider, Fanchon ! Tiens, il n'y a qu'un mot qui serve : si mon frère est dans le danger et que tu me conduises tout de suite auprès de lui ; il n'y a pas à notre logis de poule ni de poulette, de chèvre ni de chevrillon que mon père et ma mère, j'en suis très-certain, ne voulussent te donner en remercîment.

— Eh bien ! nous verrons ça, Landry, dit la petite Fadette en tendant sa petite main sèche au besson, pour qu'il y mît la sienne en signe d'accord, ce qu'il ne fit pas sans trembler un peu, car, dans ce moment-là, elle avait des yeux si ardents qu'on eût dit le lutin en personne. Je ne te dirai pas à présent ce que je veux de toi, je ne le sais peut-être pas encore : mais souviens-toi bien de ce que tu me promets à cette heure, et si tu y manques, je ferai savoir à tout le monde qu'il n'y a pas de fiance à avoir dans la parole du besson Landry. Je te dis adieu ici, et n'oublie point que je ne te réclamerai rien jusqu'au jour où je me serai décidée à t'aller trouver pour te requérir d'une chose qui sera à mon commandement et que tu feras sans retard ni regret.

— A la bonne heure ! Fadette, c'est promis, c'est signé, dit Landry en lui tapant dans la main.

— Allons ! dit-elle d'un air tout fier et tout content, retourne de ce pas au bord de la rivière ; descends-la jusqu'à ce que tu entendes bêler ; et où tu verras un agneau bureau, tu verras bientôt ton frère : si cela n'arrive pas comme je te le dis, je te tiens quitte de ta parole.

Là-dessus le grelet, prenant le sauteriot sous son bras, sans faire attention que la chose ne lui plaisait guère et qu'il se démenait comme une anguille, sauta tout au milieu des buissons, et Landry ne les vit et ne les entendit non plus que s'il avait rêvé. Il ne perdit point de temps à se demander si la petite Fadette s'était moquée de lui. Il courut d'une haleine jusqu'au bas de la Joncière ; il la suivit jusqu'à la coupure, et là, il allait passer outre sans y descendre, parce qu'il avait assez questionné l'endroit pour être assuré que Sylvinet n'y était point ; mais, comme il allait s'en éloigner, il entendit bêler un agneau.

— Dieu de mon âme, pensa-t-il, cette fille m'a annoncé la chose ; j'entends l'agneau, mon frère est là. Mais s'il est mort ou vivant, je ne peux le savoir.

Et il sauta dans la coupure et entra dans
les broussailles. Son frère n'y était point ;
mais, en suivant le fil de l'eau, à dix pas de
là, et toujours entendant l'agneau bêler, Landry vit sur l'autre rive son frère assis, avec un
petit agneau qu'il tenait dans sa blouse, et
qui, pour le vrai, était bureau de couleur
depuis le bout du nez jusqu'au bout de la
queue.

Comme Sylvinet était bien vivant et ne
paraissait gâté ni déchiré dans sa figure et
dans son habillement, Landry fut si aise qu'il
commença par remercier le bon Dieu dans
son cœur, sans songer à lui demander pardon d'avoir eu recours à la science du diable
pour avoir ce bonheur-là. Mais, au moment
où il allait appeler Sylvinet, qui ne le voyait
pas encore, et ne faisait pas mine de
l'entendre, à cause du bruit de l'eau qui
grouillait fort sur les cailloux en cet endroit,
il s'arrêta à le regarder ; car il était étonné de
le trouver comme la petite Fadette le lui
avait prédit, tout au milieu des arbres que le
vent tourmentait furieusement, et ne bougeant non plus qu'une pierre.

Chacun sait pourtant qu'il y a danger à
rester au bord de notre rivière quand le
grand vent se lève. Toutes les rives sont
minées en dessous, et il n'est point d'orage
qui, dans la quantité, ne déracine quelques-
uns de ces vergnes qui sont toujours courts
en racines, à moins qu'ils ne soient très-gros
et très-vieux, et qui vous tomberaient fort
bien sur le corps sans vous avertir. Mais
Sylvinet, qui n'était pourtant ni plus fou

qu'un autre, ne paraissait pas tenir compte du danger. Il n'y pensait pas plus que s'il se fût trouvé à l'abri dans une bonne grange. Fatigué de courir tout le jour et de vaguer à l'aventure, si, par bonheur, il ne s'était pas noyé dans la rivière, on pouvait toujours bien dire qu'il s'était noyé dans son chagrin et dans son dépit, au point de rester là comme une souche, les yeux fixés sur le courant de l'eau, la figure aussi pâle qu'une fleur de nape [1], la bouche à demi ouverte comme un petit poisson qui bâille au soleil, les cheveux tout emmêlés par le vent, et ne faisant pas même attention à son petit agneau, qu'il avait rencontré égaré dans les prés, et dont il avait eu pitié. Il l'avait bien pris dans sa blouse pour le rapporter à son logis : mais, chemin faisant, il avait oublié de demander à qui l'agneau perdu. Il l'avait là sur ses genoux, et le laissait crier sans l'entendre, malgré que le pauvre petit lui faisait une voix désolée et regardait tout autour de lui avec de gros yeux clairs, étonné de ne pas être écouté de quelqu'un de son espèce, et ne reconnaissant ni son pré, ni sa mère, ni son étable, dans cet endroit tout ombragé et tout herbu, devant un gros courant d'eau qui, peut-être bien, lui faisant grand'peur.

1. Napée, Nymphoea, Nénuphar.

X

Si Landry n'eût pas été séparé de Sylvinet
par la rivière, qui n'est large, dans tout son
parcours, de plus de quatre ou cinq mètres
(comme on dit dans ces temps nouveaux),
mais qui est, par endroits, aussi creuse que
large, il eût, pour sûr, sauté sans plus de
réflexion au cou de son frère. Mais Sylvinet
ne le voyant même pas, il eut le temps de
penser à la manière dont il l'éveillerait de sa
rêvasserie, et dont, par persuasion, il le
ramènerait à la maison ; car si ce n'était pas
l'idée de ce pauvre bouder, il pouvait bien
tirer d'un autre côté, et Landry n'aurait pas
de sitôt trouvé un gué ou une passerelle pour
aller le rejoindre.

Landry ayant donc un peu songé en lui-
même, se demanda comment son père, qui
avait de la raison et de la prudence pour
quatre, agirait en pareille rencontre ; et il
s'avisa bien à propos que le père Barbeau s'y
prendrait tout doucement et sans faire semblant de rien, pour ne pas montrer à Sylvinet
combien il avait causé d'angoisse, et ne lui

occassionner trop de repentir, ni l'encourager trop à recommencer dans un autre jour de dépit.

Il se mit donc à siffler comme s'il appelait les merles pour les faire chanter, ainsi que font les pâtours quand ils suivent les buissons à la nuit tombante. Cela fit lever la tête à Sylvinet, et, voyant son frère, il eut honte et se leva vivement, croyant n'avoir pas été vu. Alors Landry fit comme s'il l'apercevait, et lui dit sans beaucoup crier, car la rivière ne chantait pas assez haut pour empêcher de s'entendre :

— Hé, mon Sylvinet, tu es donc là ? Je t'ai attendu tout ce matin, et, voyant que tu étais sorti pour si longtemps, je suis venu me promener par ici, en attendant le souper où je comptais bien te retrouver à la maison ; mais puisque te voilà, nous rentrerons ensemble. Nous allons descendre la rivière, chacun sur une rive, et nous nous joindrons au gué des Roulettes. (C'était le gué qui se trouvait au droit de la maison à la mère Fadet.)

— Marchons, dit Sylvinet en ramassant son agneau, qui, ne le connaissant pas depuis longtemps, ne le suivait pas volontiers de lui-même ; et ils descendirent la rivière sans trop oser se regarder l'un l'autre, car ils craignaient de se faire voir la peine qu'ils avaient d'être fâchés et le plaisir qu'ils sentaient de se retrouver. De temps en temps, Landry, toujours pour paraître ne pas croire au dépit de son frère, lui disait une parole ou deux, tout en marchant. Il lui demanda d'abord où il avait pris ce petit

agneau bureau, et Sylvinet ne pouvait trop le
dire, car il ne voulait point avouer qu'il avait
été bien loin et qu'il ne savait pas même le
nom des endroits ou il avait passé. Alors
Landry, voyant son embarras, lui dit :

— Tu me conteras cela plus tard, car le
vent est grand, et il ne fait pas trop bon à
être sous les arbres le long de l'eau ; mais,
par bonheur, voilà l'eau du ciel qui
commence à tomber, et le vent ne tardera
pas à tomber aussi.

Et en lui-même, il se disait : — C'est pourtant vrai que le grelet m'a prédit que je le
retrouverais avant que la pluie ait
commencé. Pour sûr, cette fille-là en sait
plus long que nous.

Il ne se disait point qu'il avait passé un
bon quart d'heure à s'expliquer avec la mère
Fadet, tandis qu'il la priait et qu'elle refusait
de l'écouter, et que la petite Fadette, qu'il
n'avait vue qu'en sortant de la maison, pouvait bien avoir vu Sylvinet pendant cette
explication-là. Enfin, l'idée lui en vint ; mais
comment savait-elle si bien de quoi il était
en peine, lorsqu'elle l'avait accosté,
puisqu'elle n'était point là du temps qu'il
s'expliquait avec la vieille ? Cette fois, l'idée
ne lui vint pas qu'il avait déjà demandé son
frère à plusieurs personnes en venant à la
Joncière, et que quelqu'un avait pu en parler
devant la petite Fadette ; ou bien, que cette
petite pouvait avoir écouté la fin de son discours avec la grand'mère, en se cachant
comme elle faisait souvent pour connaître
tout ce qui pouvait contenter sa curiosité.

De son côté, le pauvre Sylvinet pensa aussi en lui-même à la manière dont il expliquerait son mauvais comportement vis-à-vis de son frère et de sa mère, car il ne s'était point attendu à la feinte de Landry, et il ne savait quelle histoire lui faire, lui qui n'avait menti de sa vie, et qui n'avait jamais rien caché à son besson.

Aussi se trouva-t-il bien mal à l'aise en passant le gué ; car il était venu jusque-là sans rien trouver pour se sortir d'embarras.

Sitôt qu'il fut sur la rive, Landry l'embrassa ; et, malgré lui, il le fit avec encore plus de cœur qu'il n'avait coutume ; mais il se retint de le questionner, car il vit bien qu'il ne saurait que dire, et il le ramena à la maison, lui parlant de toutes sortes de choses autres que celle qui leur tenait à cœur à tous les deux. En passant devant la maison de la mère Fadet, il regarda bien s'il verrait la petite Fadette, et il se sentait une envie d'aller la remercier. Mais la porte était fermée où l'on n'entendait pas d'autre bruit que la voix du sauteriot qui beuglait parce que sa grand'mère l'avait fouaillé, ce qui lui arrivait tous les soirs, qu'il l'eût mérité ou non.

Cela fit de la peine à Sylvinet, d'entendre pleurer ce galopin, et il dit à son frère : — Voilà une vilaine maison où l'on entend toujours des cris ou des coups. Je sais bien qu'il n'y a rien de si mauvais et de si diversieux que ce sauteriot ; et, quant au grelet, je n'en donnerais pas deux sous. Mais ces enfants-là sont malheureux de n'avoir plus ni père ni mère, et d'être dans la dépendance de cette

vieille charmeuse, qui est toujours en malice,
et qui ne leur passe rien.

— Ce n'est pas comme ça chez nous,
répondit Landry. Jamais nous n'avons reçu
de père ni de mère le moindre coup, et
mêmement quand on nous grondait de nos
malices d'enfant, c'était avec tant de douceur
et d'honnêteté, que les voisins ne l'enten-
daient point. Il y en a comme ça qui sont
trop heureux, et qui ne connaissent point
leurs avantages ; et pourtant, la petite
Fadette, qui est l'enfant le plus malheureux
et le plus maltraité de la terre, rit toujours et
ne se plaint jamais de rien.

Sylvinet comprit le reproche et eut du
regret de sa faute. Il en avait déjà bien eu
depuis le matin, et, vingt fois, il avait eu
envie de revenir ; mais la honte l'avait
retenu. Dans ce moment, son cœur grossit,
et il pleura sans rien dire ; mais son frère le
prit par la main en lui disant : — Voilà une
rude pluie, mon Sylvinet ; allons-nous-en
d'un galop à la maison. Ils se mirent donc à
courir, Landry essayant de faire rire Sylvinet, qui s'y efforçait pour le contenter.

Pourtant, au moment d'entrer dans la maison, Sylvinet avait envie de se cacher dans la
grange, car il craignait que son père ne lui fît
reproche. Mais le père Barbeau, qui ne prenait pas les choses tant au sérieux que sa
femme, se contenta de le plaisanter ; et la
mère Barbeau, à qui son mari avait fait sagement la leçon, essaya de lui cacher le tourment qu'elle avait eu. Seulement, pendant
qu'elle s'occupait de faire sécher ses bessons

devant un bon feu et de leur donner à souper, Sylvinet vit bien qu'elle avait pleuré, et
que, de temps en temps, elle le regardait d'un
air d'inquiétude et de chagrin. S'il avait été
seul avec elle, il lui aurait demandé pardon,
et il l'aurait tant caressée qu'elle se fût
consolée. Mais le père n'aimait pas beaucoup toutes ces mijoteries, et Sylvinet fut
obligé d'aller au lit tout de suite après souper, sans rien dire, car la fatigue le surmon-
tait. Il n'avait rien mangé de la journée ; et,
aussitôt qu'il eut avalé son souper, dont il
avait grand besoin, il se sentit comme ivre, et
force lui fut de se laisser déshabiller et coucher par son besson, qui resta à côté de lui,
assis sur le bord de son lit, et lui tenant une
main dans la sienne.

Quand il le vit bien endormi, Landry prit
congé de ses parents et ne s'aperçut point
que sa mère l'embrassait avec plus d'amour
que les autres fois. Il croyait toujours qu'elle
ne pouvait pas l'aimer autant que son frère,
et il n'en était point jaloux, se disant qu'il
était moins aimable et qu'il n'avait que la
part qui lui était due. Il se soumettait à cela
autant par respect pour sa mère que par
amitié pour son besson, qui avait, plus que
lui, besoin de caresses et de consolation.

Le lendemain, Sylvinet courut au lit de la
mère Barbeau avant qu'elle fût levée, et, lui
ouvrant son cœur, lui confessa son regret et
sa honte. Il lui conta comme quoi il se trouvait bien malheureux depuis quelque temps,
non plus tant à cause qu'il était séparé de
Landry, que parce qu'il s'imaginait que Lan-

dry ne l'aimait point. Et quand sa mère le
questionna sur cette injustice, il fut bien
empêché de la motiver, car c'était en lui
comme une maladie dont il ne se pouvait
défendre. La mère le comprenait mieux
qu'elle ne voulait en avoir l'air, parce que le
cœur d'une femme est aisément pris de ces
tourments-là, et elle-même s'était souvent
ressentie de souffrir en voyant Landry si
tranquille dans son courage et dans sa vertu.
Mais, cette fois, elle reconnaissait que la
jalousie est mauvaise dans tous les amours,
même dans ceux que Dieu nous commande
le plus, et elle se garda bien d'y encourager
Sylvinet. Elle lui fit ressortir la peine qu'il
avait causée à son frère, et la grande bonté
que son frère avait eue de ne pas s'en
plaindre ni s'en montrer choqué. Sylvinet le
reconnut aussi et convint que son frère était
meilleur chrétien que lui. Il fit promesse et
forma résolution de se guérir, et sa volonté y
était sincère.

Mais malgré lui, et bien qu'il prît un air
consolé et satisfait, encore que sa mère eût
essuyé toute ses larmes et répondu à toutes
ses plaintes par des raisons très fortifiantes,
encore qu'il fît tout son possible pour agir
simplement et justement avec son frère, il lui
resta sur le cœur un levain d'amertume. —
Mon frère, pensait-il malgré lui, est le plus
chrétien et le plus juste de nous deux, ma
chère mère le dit, et c'est la vérité ; mais s'il
m'aimait aussi fort que je l'aime, il ne pourrait pas se soumettre comme il le fait. — Et il
songeait à l'air tranquille et quasi indifférent

que Landry avait eu en le retrouvant au bord
de la rivière. Il se remémorait comme il
l'avait entendu siffler aux merles en le cher-
chant, au moment où, lui, pensait véritablement à se jeter dans la rivière. Car s'il n'avait
pas eu cette idée en quittant la maison, il
l'avait eue plus d'une fois, vers le soir,
croyant que son frère ne lui pardonnerait
jamais de l'avoir boudé et évité pour la première fois de sa vie. — Si c'était lui qui m'eût
fait cet affront, pensait-il, je ne m'en serais
jamais consolé. Je suis bien content qu'il me
l'ait pardonné, mais je pensais pourtant qu'il
ne me le pardonnerait pas si aisément. — Et
là-dessus, cet enfant malheureux soupirait
tout en se combattant et se combattait tout
en soupirant.

Pourtant, comme Dieu nous récompense
et nous aide toujours, pour peu que nous
ayons bonne intention de lui complaire, il
arriva que Sylvinet fut plus raisonnable pendant le reste de l'année ; qu'il s'abstint de
quereller et de bouder son frère, qu'il l'aima
enfin plus paisiblement, et que sa santé, qui
avait souffert de toutes ces angoisses, se
rétablit et se fortifia. Son père le fit travailler
davantage, s'apercevant que moins il s'écoutait, mieux il s'en trouvait. Mais le travail
qu'on fait chez ses parents n'est jamais aussi
rude que celui qu'on a de commande chez
les autres. Aussi Landry, qui ne s'épargnait
guère, prit-il plus de force et plus de taille
cette année-là que son besson. Les petites
différences qu'on avait toujours observées
entre eux devinrent plus marquantes, et, de

leur esprit, passèrent sur leur figure. Landry,
après qu'ils eurent compté quinze ans,
devint tout à fait beau garçon, et Sylvinet
resta un joli jeune homme, plus mince et
moins couleuré que son frère. Aussi, on ne
les prenait plus jamais l'un pour l'autre, et,
malgré qu'ils se ressemblaient toujours
comme deux frères, on ne voyait plus du
même coup qu'ils étaient bessons. Landry,
qui était censé le cadet, étant né une heure
après Sylvinet, paraissait à ceux qui les
voyaient pour la première fois, l'aîné d'un an
ou deux. Et cela augmentait l'amitié du père
Barbeau, qui, à la vraie manière des gens de
campagne, estimait la force et la taille avant
tout.

XI

Dans les premiers temps qui ensuivirent
l'aventure de Landry avec la petite Fadette,
ce garçon eut quelque souci de la promesse
qu'il lui avait faite. Dans le moment où elle
l'avait sauvé de son inquiétude, il se serait
engagé pour ses père et mère à donner tout
ce qu'il y avait de meilleur à la Bessonnière :
mais quand il vit que le père Barbeau n'avait
pas pris bien au sérieux la bouderie de Sylvinet et n'avait point montré d'inquiétude, il
craignit bien que, lorsque la petite Fadette
viendrait réclamer sa récompense, son père
ne la mît à la porte en se moquant de sa belle
science et de la belle parole que Landry lui
avait donnée.

Cette peur-là rendait Landry tout honteux
en lui-même, et à mesure que son chagrin
s'était dissipé, il s'était jugé bien simple
d'avoir cru voir de la sorcellerie dans ce qui
lui était arrivé. Il ne tenait pas pour certain
que la petite Fadette se fût gaussée de lui,
mais il sentait bien qu'on pouvait avoir du
doute là-dessus, et il ne trouvait pas de

bonnes raisons à donner à son père pour lui prouver qu'il avait bien fait de prendre un engagement de si grosse conséquence ; d'un autre côté, il ne voyait pas non plus comment il romprait un pareil engagement, car il avait juré sa foi et il l'avait fait en âme et conscience.

Mais, à son grand étonnement, ni le lendemain de l'affaire, ni dans le mois, ni dans la saison, il n'entendit parler de la petite Fadette à la Bessonnière ni à la Priche. Elle ne se présenta ni chez le père Caillaud pour demander à parler à Landry, ni chez le père Barbeau pour réclamer aucune chose, et lorsque Landry la vit au loin dans les champs, elle n'alla point de son côté et ne parut point faire attention à lui, ce qui était contre sa coutume, car elle courait après tout le monde, soit pour regarder par curiosité, soit pour rire, jouer et badiner avec ceux qui étaient de bonne humeur, soit pour tancer et railler ceux qui ne l'étaient point.

Mais la maison de la mère Fadet étant également voisine de la Priche et de la Cosse, il ne se pouvait faire qu'un jour ou l'autre, Landry ne se trouvât nez contre nez avec la petite Fadette dans un chemin ; et, quand le chemin n'est pas large, c'est bien force de se donner une tape ou de se dire un mot en passant.

C'était un soir que la petite Fadette rentrait ses oies, ayant toujours son sauteriot sur ses talons ; et Landry, qui avait été chercher les juments au pré, les ramenait tout tranquillement à la Priche ; si bien qu'ils se

croisèrent dans le chemin qui descend de la
Croix des bossons, au gué des Roulettes, et
qui est si bien fondu entre deux encaisse-
ments, qu'il n'y est point moyen de s'éviter.
Landry devint tout rouge, pour la peur qu'il
avait de s'entendre sommer de sa parole, et,
ne voulant point encourager la Fadette, il
sauta sur une des juments du plus loin qu'il
la vit, et joua des sabots pour prendre le
trot ; mais comme toutes les juments avaient
les enfarges aux pieds, celle qu'il avait
enfourchée n'avança pas plus vite pour cela.
Landry se voyant tout près de la petite
Fadette, n'osa la regarder, et fit mine de se
retourner, comme pour voir si les poulains le
suivaient. Quand il regarda devant lui, la
Fadette l'avait déjà dépassé, et elle ne lui
avait rien dit ; il ne savait même point si elle
l'avait regardé, et si des yeux ou du rire elle
l'avait sollicité de lui dire bonsoir. Il ne vit
que Jeanet le sauteriot qui, toujours traver-
sieux et méchant, ramassa une pierre pour la
jeter dans les jambes de sa jument. Landry
eut bonne envie de lui allonger un coup de
fouet, mais il eut peur de s'arrêter et d'avoir
explication avec la sœur. Il ne fit donc pas
mine de s'en apercevoir et s'en fut sans
regarder derrière lui.

Toutes les autres fois que Landry rencontra la petite Fadette, ce fut à peu près de
même. Peu à peu, il s'enhardit à la regarder ;
car, à mesure que l'âge et la raison lui
venaient, il ne s'inquiétait plus tant d'une si
petite affaire. Mais lorsqu'il eut pris le courage de la regarder tranquillement, comme

pour attendre n'importe quelle chose elle
voudrait lui dire, il fut étonné de voir que
cette fille faisait exprès de tourner la tête
d'un autre côté, comme si elle eût de lui la
même peur qu'il avait d'elle. Cela l'enhardit
tout à fait vis-à-vis de lui-même, et, comme il
avait le cœur juste, il se demanda s'il n'avait
pas eu grand tort de ne jamais la remercier
du plaisir que, soit par science, soit par
hasard, elle lui avait causé. Il prit la résolution de l'aborder la première fois qu'il la
verrait, et ce moment-là étant venu, il fit au
moins dix pas de son côté pour commencer
à lui dire bonjour et à causer avec elle.

Mais, comme il s'approchait, la petite
Fadette prit un air fier et quasi fâché ; et se
décidant enfin à le regarder, elle le fit d'une
manière si méprisante, qu'il en fut tout
démonté et n'osa point lui porter la parole.

Ce fut la dernière fois de l'année que Landry la rencontra de près, car à partir de ce
jour-là, la petite Fadette, menée par je ne
sais quelle fantaisie, l'évita si bien, que du
plus loin qu'elle le voyait, elle tournait d'un
autre côté, entrait dans un héritage, ou faisait un grand détour pour ne point le voir.
Landry pensa qu'elle était fâchée de ce qu'il
avait été ingrat envers elle ; mais sa répugnance était si grande qu'il ne sut se décider
à rien tenter pour réparer son tort. La petite
Fadette n'était pas un enfant comme un
autre. Elle n'était pas ombrageuse de son
naturel, et même, elle ne l'était pas assez, car
elle aimait à provoquer les injures ou les
moqueries, tant elle se sentait la langue bien

affilée pour y répondre et avoir toujours le
dernier et plus piquant mot. On ne l'avait
jamais vue bouder et on lui reprochait de
manquer de la fierté qui convient à une fil-
lette lorsqu'elle prend déjà quinze ans et
commence à se ressentir d'être quelque
chose. Elle avait toujours les allures d'un
gamin, mêmement elle affectait de tourmenter souvent Sylvinet, de le déranger et de le
pousser à bout, lorsqu'elle le surprenait dans
les rêvasseries où il s'oubliait encore quelquefois. Elle le suivait toujours pendant un
bout de chemin, lorsqu'elle le rencontrait ; se
moquant de sa *bossonnerie*, et lui tourmen-
tant le cœur en lui disant que Landry ne
l'aimait point et se moquait de sa peine.
Aussi le pauvre Sylvinet qui, encore plus que
Landry, la croyait sorcière, s'étonnait-il
qu'elle devinât ses pensées et la détestait
bien cordialement. Il avait du mépris pour
elle et pour sa famille, et, comme elle évitait
Landry, il évitait ce méchant grelet, qui,
disait-il, suivrait tôt ou tard l'exemple de sa
mère, laquelle avait mené une mauvaise
conduite, quitté son mari et finalement suivi
les soldats. Elle était partie comme vivandière peu de temps après la naissance du
sauteriot, et, depuis, on n'en avait jamais
entendu parler. Le mari était mort de chagrin et de honte, et c'est comme cela que la
vieille mère Fadet avait été obligée de se
charger des deux enfants, qu'elle soignait
fort mal, tant à cause de sa chicherie que de
son âge avancé, qui ne lui permettait guère
de les surveiller et de les tenir proprement.

Pour toutes ces raisons, Landry, qui n'était pourtant pas aussi fier que Sylvinet, se sentait du dégoût pour la petite Fadette, et, regrettant d'avoir eu des rapports avec elle, il se gardait bien de le faire connaître à personne. Il le cacha même à son besson, ne voulant pas lui confesser l'inquiétude qu'il avait eue à son sujet ; et, de son côté, Sylvinet lui cacha toutes les méchancetés de la petite Fadette envers lui, ayant honte de dire qu'elle avait eu divination de sa jalousie.

Mais le temps se passait. A l'âge qu'avaient nos bessons, les semaines sont comme des mois et les mois sont comme des ans, pour le changement qu'ils amènent dans le corps et dans l'esprit. Bientôt Landry oublia son aventure, et, après s'être un peu tourmenté du souvenir de la Fadette, n'y pensa non plus que s'il en eût fait le rêve.

Il y avait déjà environ dix mois que Landry était entré à la Priche, et on approchait de la Saint-Jean, qui était l'époque de son engagement avec le père Caillaud. Ce brave homme était si content de lui qu'il était bien décidé à lui augmenter son gage plutôt que de le voir partir ; et Landry ne demandait pas mieux que de rester dans le voisinage de sa famille et de renouveler avec les gens de la Priche, qui lui convenaient beaucoup. Mêmement, il se sentait venir une petite amitié pour une nièce du père Caillaud qui s'appelait Madelon et qui était un beau brin de fille. Elle avait un an de plus que lui et le traitait encore un peu comme un enfant ; mais cela diminuait de jour en jour, et, tandis qu'au commencement de l'année elle se moquait de lui lorsqu'il avait honte de l'embrasser aux jeux ou à la danse, sur la fin, elle rougissait au lieu de le provoquer, elle ne restait plus seule avec lui dans l'étable ou dans le fenil. La Madelon n'était point pauvre, et un mariage entre eux eût bien pu s'arranger par la suite du temps. Les deux familles étaient bien famées et tenues en estime par tout le pays. Enfin, le père Caillaud, voyant ces deux enfants qui commençaient à se chercher et à se craindre, disait au père Barbeau que ça pourrait bien faire un beau couple, et qu'il n'y avait point de mal à leur laisser faire bonne et longue connaissance.

Il fut donc convenu, huit jours avant la Saint-Jean, que Landry resterait à la Priche, et Sylvinet chez ses parents ; car la raison était assez bien revenue à celui-ci, et le père Barbeau ayant pris les fièvres, cet enfant savait se rendre très-utile au travail de ses terres. Sylvinet avait eu grand'peur d'être envoyé au loin, et cette crainte-là avait agi sur lui en bien ; car, de plus en plus, il s'efforçait à vaincre l'excédant de son amitié pour Landry, ou du moins ne point trop le laisser paraître. La paix et le contentement étaient donc revenus à la Bessonnière, quoique les bessons ne se vissent plus qu'une ou deux fois la semaine. La Saint-Jean fut pour eux un jour de bonheur ; ils allèrent ensemble à la ville pour voir la loue des serviteurs de ville et de campagne, et la fête qui s'ensuivit sur la grande place. Landry dansa plus d'une bourrée avec la belle Made-

lon ; et Sylvinet, pour lui complaire, essaya
de danser aussi. Il ne s'en tirait pas trop
bien ; mais la Madelon, qui lui témoignait
beaucoup d'égards, le prenait par la main, en
vis-à-vis, pour l'aider à marquer le pas ; et
Sylvinet, se trouvant ainsi avec son frère,
promit d'apprendre à bien danser, afin de
partager un plaisir où jusque-là il avait gêné
Landry.

Il ne se sentait pas trop de jalousie contre
Madelon, parce que Landry était encore sur
la réserve avec elle. Et d'ailleurs, Madelon
flattait et encourageait Sylvinet. Elle était
sans gêne avec lui, et quelqu'un qui ne s'y
connaîtrait pas aurait jugé que c'était celui
des bessons qu'elle préférait. Landry eût pu
être jaloux, s'il n'eût été, par nature, ennemi
de la jalousie ; et peut-être un je ne sais quoi
lui disait-il, malgré sa grande innocence, que
Madelon n'agissait ainsi que pour lui faire
plaisir et avoir occasion de se trouver plus
souvent avec lui.

Toutes choses allèrent donc pour le mieux
pendant environ trois mois, jusqu'au jour de
la Saint-Andoche, qui est la fête patronale du
bourg de la Cosse, et qui tombe aux derniers
jours de septembre.

Ce jour-là, qui était toujours pour les deux
bessons une grande et belle fête, parce qu'il y
avait danse et jeux de toutes sortes sous les
grands noyers de la paroisse, amena pour
eux de nouvelles peines auxquelles ils ne
s'attendaient mie.

Le père Caillaud ayant donné licence à
Landry d'aller dès la veille coucher à la Bes-

sonnière, afin de voir la fête sitôt le matin,
Landry partit avant souper, bien content
d'aller surprendre son besson, qui ne l'attendait que le lendemain. C'est la saison où les
jours commencent à être courts et où la nuit
tombe vite. Landry n'avait jamais peur de
rien en plein jour ; mais il n'eût pas été de
son âge et de son pays s'il avait aimé à se
trouver seul la nuit sur les chemins, surtout
dans l'automne, qui est une saison où les
sorciers et les follets commencent à se donner du bon temps, à cause des brouillards
qui les aident à cacher leurs malices et maléfices. Landry, qui avait coutume de sortir
seul à toute heure pour mener ou rentrer ses
bœufs, n'avait pas précisément grand souci,
ce soir-là, plus qu'un autre soir ; mais il marchait vite et chantait fort, comme on fait
toujours quand le temps est noir, car on sait
que le chant de l'homme dérange et écarte
les mauvaises bêtes et les mauvaises gens.

Quand il fut au droit du gué des Roulettes,
qu'on appelle de cette manière à cause des
cailloux ronds qui s'y trouvent en grande
quantité, il releva un peu les jambes de son
pantalon ; car il pouvait y avoir de l'eau
jusqu'au-dessus de la cheville du pied, et il fit
bien attention à ne pas marcher devant lui,
parce que le gué est établi en biaisant, et qu'à
droite comme à gauche il y a de mauvais
trous. Landry connaissait si bien le gué qu'il
ne pouvait guère s'y tromper. D'ailleurs on
voyait de là, à travers les arbres qui étaient
plus d'à moitié dépouillés de feuilles, la
petite clarté qui sortait de la maison de la

mère Fadet ; et en regardant cette clarté,
pour peu qu'on marchât dans la direction, il
n'y avait point chance de faire mauvaise
route.

Il faisait si noir sous les arbres, que Landry tâta pourtant le gué avec son bâton avant
d'y entrer. Il fut étonné de trouver l'eau plus
haute que de coutume, d'autant plus qu'il
entendait le bruit des écluses qu'on avait
ouvertes depuis une bonne heure. Pourtant,
comme il voyait bien la lumière de la croisée
à la Fadette, il se risqua. Mais, au bout de
deux pas, il avait de l'eau plus haut que le
genou et il se retira, jugeant qu'il s'était
trompé. Il essaya un peu plus haut et un peu
plus bas, et, là comme là, il trouva le creux
encore davantage. Il n'avait pas tombé de
pluie, les écluses grondaient toujours : la
chose était donc bien surprenante.

XII

— Il faut, pensa Landry, que j'aie pris le faux chemin de la charrière, car, pour le coup, je vois à ma droite la chandelle de la Fadette, qui devrait être sur ma gauche. Il remonta le chemin jusqu'à la Croix-au-Lièvre, et il en fit le tour les yeux fermés pour se désorienter ; et quand il eut bien remarqué les arbres et les buissons autour de lui, il se trouva dans le bon chemin et revint jouxte à la rivière. Mais bien que le gué lui parût commode, il n'osa point y faire plus de trois pas, pour ce qu'il vit tout d'un coup, presque derrière lui, la clarté de la maison Fadette, qui aurait dû être juste en face. Il revint à la rive, et cette clarté lui parut être alors comme elle devait se trouver. Il reprit le gué en biaisant dans un autre sens, et, cette fois, il eut de l'eau presque jusqu'à la ceinture. Il avançait toujours cependant, augurant qu'il avait rencontré un trou, mais qu'il allait en sortir en marchant vers la lumière.

Il fit bien de s'arrêter, car le trou se creu-

sait toujours, et il en avait jusqu'aux
épaules. L'eau était bien froide, et il resta
un moment à se demander s'il reviendrait
sur ses pas ; car la lumière lui paraissait
avoir changé de place, et mêmement il la
vit remuer, courir, sautiller, repasser d'une
rive à l'autre, et finalement se montrer
double en se mirant dans l'eau, où elle se
tenait comme un oiseau qui se balance sur
ses ailes, et en faisant entendre un petit
bruit de grésillement comme ferait une
pétrole de résine.

Cette fois Landry eut peur et faillit
perdre la tête, et il avait ouï dire qu'il n'y a
rien de plus abusif et de plus méchant que
ce feu-là ; qu'il se faisait un jeu d'égarer
ceux qui le regardent et de les conduire au
plus creux des eaux, tout en riant à sa
manière et en se moquant de leur angoisse.

Landry ferma les yeux pour ne point le
voir, et se retournant vivement, à tout
risque, il sortit du trou, et se retrouva au
rivage. Il se jeta alors sur l'herbe, et regarda
le follet qui poursuivait sa danse et son
rire. C'était vraiment une vilaine chose à
voir. Tantôt il filait comme un martin-
pêcheur, et tantôt il disparaissait tout à
fait. Et, d'autres fois, il devenait gros
comme la tête d'un bœuf, et tout aussitôt
menu comme un œil de chat ; et il accou-
rait auprès de Landry, tournait autour de
lui si vite, qu'il en était ébloui ; et enfin,
voyant qu'il ne voulait pas le suivre, il s'en
retournait frétiller dans les roseaux, où il
avait l'air de se fâcher et de lui dire des
insolences.

Landry n'osait point bouger, car de retourner sur ses pas n'était pas le moyen de faire fuir le follet. On sait qu'il s'obstine à courir après ceux qui courent, et qu'il se met en travers de leur chemin jusqu'à ce qu'il les ait rendus fous et fait tomber dans quelque mauvaise passe. Il grelottait de peur et de froid, lorsqu'il entendit derrière lui une petite voix très-douce qui chantait :

FADET, FADET, PETIT FADET,
PRENDS TA CHANDELLE ET TON CORNET ;
J'AI PRIS MA CAPE ET MON CAPET ;
TOUTE FOLLETTE À SON FOLLET.

Et tout aussitôt la petite Fadette, qui s'apprêtait gaiement à passer l'eau sans montrer crainte ni étonnement du feu follet, heurta contre Landry, qui était assis par terre dans la brune, et se retira en jurant ni plus ni moins qu'un garçon, et des mieux appris.

— C'est moi, Fanchon, dit Landry en se relevant, n'aie pas peur. Je ne te suis pas ennemi.

Il parlait comme cela parce qu'il avait peur d'elle presque autant que du follet. Il avait entendu sa chanson, et voyait bien qu'elle faisait une conjuration au feu follet, lequel dansait et se tortillait comme un fou devant elle et comme s'il eût été aise de la voir.

— Je vois bien, beau besson, dit alors la petite Fadette après qu'elle se fut consultée un peu, que tu me flattes, parce que tu es moitié mort de peur, et que la voix te tremble dans le gosier ni plus ni moins qu'à ma grand'mère. Allons, pauvre cœur, la nuit on n'est pas si fier que le jour, et je gage que tu n'oses passer l'eau sans moi.

— Ma foi, j'en sors, dit Landry, et j'ai manqué de m'y noyer. Est-ce que tu vas t'y risquer, Fadette ? Tu ne crains pas de perdre le gué ?

— Eh ! pourquoi le perdrais-je ? Mais je vois bien ce qui t'inquiète, répondit la petite Fadette en riant. Allons, donne-moi la main, poltron ; le follet n'est pas si méchant que tu crois, et il ne fait de mal qu'à ceux qui s'en épeurent. J'ai coutume de le voir, moi, et nous nous connaissons.

Là-dessus, avec plus de force que Landry n'eût supposé qu'elle en avait, elle le tira par le bras et l'amena dans le gué en courant et en chantant :

J'AI PRIS MA CAPE ET MON CAPET,
TOUTE FADETTE A SON FADET.

Landry n'était guère plus à son aise dans la société de la petite sorcière que dans celle du follet. Cependant, comme il aimait mieux voir le diable sous l'apparence d'un être de sa propre espèce que sous celle d'un feu si sournois et si fugace, il ne fit pas de résistance, et il fut tôt rassuré en sentant que la Fadette le conduisait si bien, qu'il marchait à sec sur les cailloux. Mais comme ils marchaient vite tous les deux et qu'ils ouvraient un courant d'air au feu fol-

let, ils étaient toujours suivis de ce
météore, comme l'appelle le maître d'école
de chez nous, qui en sait long sur cette
chose-là, et qui assure qu'on n'en doit avoir
nulle crainte.

XIII

Peut-être que la mère Fadet avait aussi de la connaissance là-dessus, et qu'elle avait enseigné à sa petite-fille à ne rien redouter de ces feux de nuit ; ou bien, à force d'en voir, car il y en avait souvent aux entours du gué des Roulettes, et c'était un grand hasard que Landry n'en eût point encore vu de près, peut-être la petite s'était-elle fait une idée que l'esprit qui les soufflait n'était point méchant et ne lui voulait que du bien. Sentant Landry qui tremblait de tout son corps à mesure que le follet s'approchait d'eux :

— Innocent, lui dit-elle, ce feu-là ne brûle point, et si tu étais assez subtil pour le manier, tu verrais qu'il ne laisse pas seulement sa marque.

— C'est encore pis, pensa Landry ; du feu qui ne brûle pas, on sait ce que c'est ; ça ne peut pas venir de Dieu, car le feu du bon Dieu est fait pour chauffer et brûler.

Mais il ne fit pas connaître sa pensée à la petite Fadette, et quand il se vit sain et sauf à la rive, il eut grande envie de la planter là et de s'ensauver à la Bessonnière. Mais il n'avait point le cœur ingrat, et il ne voulut point la quitter sans la remercier.

— Voilà la seconde fois que tu me rends service, Fanchon Fadet, lui dit-il, et je ne vaudrais rien si je ne te disais pas que je m'en souviendrai toute ma vie. J'étais là comme fou quand tu m'as trouvé ; le follet m'avait vanné et charmé. Jamais je n'aurais passé la rivière, ou bien je n'en serais jamais sorti.

— Peut-être bien que tu l'aurais passée sans peine ni danger si tu n'étais pas si sot, répondit la Fadette ; je n'aurais jamais cru qu'un grand gars comme toi, qui est dans ses dix-sept ans, et qui ne tardera pas à avoir de la barbe au menton, fût si aisé à épeurer, et je suis contente de te voir comme cela.

— Et pourquoi en êtes-vous content, Fanchon Fadet ?

— Parce que je ne vous aime point, lui dit-elle d'un ton méprisant.

— Et pourquoi est-ce encore que vous ne m'aimez point ?

— Parce que je ne vous estime point, répondit-elle ; ni vous, ni votre besson, et vos père et mère, qui sont fiers parce qu'ils sont riches, et qui croient qu'on ne fait que son devoir en leur rendant service. Ils vous ont appris à être ingrat, Landry, et c'est le plus vilain défaut pour un homme, après celui d'être peureux.

Landry se sentit bien humilié des

reproches de cette petite fille, car il reconnaissait qu'ils n'étaient pas tout à fait injustes, et il lui répondit :

— Si je suis fautif, Fadette, ne l'imputez qu'à moi. Ni mon frère, ni mon père, ni ma mère, ni personne chez vous n'a eu connaissance du secours que vous m'avez déjà une fois donné. Mais pour cette fois-ci, ils le sauront, et vous aurez une récompense telle que vous la désirerez.

— Ah ! vous voilà bien orgueilleux, reprit la petite Fadette, parce que vous vous imaginez qu'avec vos présents vous pouvez être quitte envers moi. Vous croyez que je suis pareille à ma grand'mère, qui, pourvu qu'on lui baille quelque argent, supporte les malhonnêtetés et les insolences du monde. Eh bien, moi je n'ai besoin ni envie de vos dons, et je méprise tout ce qui viendrait de vous, puisque vous n'avez pas eu le cœur de trouver un pauvre mot de remerciement et d'amitié à me dire depuis tantôt un an que je vous ai guéri d'une grosse peine.

— Je suis fautif, je l'ai confessé, Fadette, dit Landry, qui ne pouvait s'empêcher d'être étonné de la manière dont il l'entendait raisonner pour la première fois. Mais c'est qu'aussi il y a un peu de ta faute. Ce n'était pas bien sorcier de me faire retrouver mon frère, puisque tu venais sans doute de le voir pendant que je m'expliquais avec ta grand'mère ; et si tu avais vraiment le cœur bon, toi qui me reproches de ne l'avoir point, au lieu de me faire souffrir et attendre, et au lieu de me faire donner une parole qui pouvait me mener loin, tu m'aurais dit tout de suite : « Dévalle le pré, et tu le verras au rivet de l'eau. » Cela ne t'aurait point coûté beaucoup, au lieu que tu t'es fait un vilain jeu de ma peine ; et voilà ce qui a mandré le prix du service que tu m'as rendu.

La petite Fadette, qui avait pourtant la repartie prompte, resta pensive un moment. Puis elle dit :

— Je vois bien que tu as fait ton possible pour écarter la reconnaissance de ton cœur, et pour t'imaginer que tu ne m'en devais point, à cause de la récompense que je m'étais fait promettre. Mais, encore un coup, il est dur et mauvais, ton cœur, puisqu'il ne t'a point fait observer que je ne réclamais rien de toi, et que je ne te faisais pas même reproche de ton ingratitude.

— C'est vrai, ça, Fanchon, dit Landry qui était la bonne foi même ; je suis dans mon tort, je l'ai senti, et j'en ai eu de la honte ; j'aurais dû te parler ; j'en ai eu l'intention, mais tu m'as fait une mine si courroucée que je n'ai point su m'y prendre.

— Et si vous étiez venu le lendemain de l'affaire me dire une parole d'amitié, vous ne m'auriez point trouvée courroucée ; vous auriez su tout de suite que je ne voulais point de paiement, et nous serions amis : au lieu qu'à cette heure, j'ai mauvaise opinion de vous, et j'aurai dû vous laisser débrouiller avec le follet comme vous auriez pu. Bonsoir, Landry de la Bes-

sonnière ; allez sécher vos habits ; allez dire
à vos parents : « Sans ce petit guenillon de
grelet, j'aurais, ma foi, bu un bon coup, ce
soir, dans la rivière. »

Parlant ainsi, la petite Fadette lui tourna
le dos, et marcha du côté de sa maison en
chantant :

PRENDS TA LEÇON ET TON PAQUET, LANDRY
BARBEAU LE BESSONNET.

A cette fois, Landry sentit comme un
grand repentir dans son âme, non qu'il fût
disposé à aucune sorte d'amitié pour une
fille qui paraissait avoir plus d'esprit que de
bonté, et dont les vilaines manières ne plai-
saient point, même à ceux qui s'en amu-
saient. Mais il avait le cœur haut et ne
voulait point garder un tort sur sa conscience. Il courut après elle, et la rattrapant
par sa cape :

— Voyons, Fanchon Fadet, lui dit-il, il
faut que cette affaire-là s'arrange et se
finisse entre nous. Tu es mécontente de
moi, et je ne suis pas bien content de moi-
même. Il faut que tu me dises ce que tu
souhaites, et pas plus tard que demain je te
l'apporterai.

— Je souhaite ne jamais te voir, répondit
la Fadette très-durement ; et n'importe
quelle chose tu m'apporteras, tu peux bien
compter que je te la jetterai au nez.

— Voilà des paroles trop rudes pour
quelqu'un qui vous offre réparation. Si tu
ne veux point de cadeau, il y a peut-être

moyen de te rendre service et de te montrer par là qu'on te veut du bien et non pas du mal. Allons, dis-moi ce que j'ai à faire pour te contenter.

— Vous ne sauriez donc me demander pardon et souhaiter mon amitié ? dit la Fadette en s'arrêtant.

— Pardon, c'est beaucoup demander, répondit Landry, qui ne pouvait vaincre sa hauteur à l'endroit d'une fille qui n'était point considérée en proportion de l'âge qu'elle commençait à avoir, et qu'elle ne portait pas toujours aussi raisonnablement qu'elle l'aurait dû ; quant à ton amitié, Fadette, tu es si drôlement bâtie dans ton esprit, que je ne saurais y avoir grand'fiance. Demande-moi donc une chose qui puisse se donner tout de suite, et que je ne suis pas obligé de te reprendre.

— Eh bien, dit la Fadette d'une voix claire et sèche, il en sera comme vous le souhaitez, besson Landry. Je vous ai offert votre pardon, et vous n'en voulez point. A présent je vous réclame ce que vous m'avez promis, qui est d'obéir à mon commandement, le jour où vous en serez requis. Ce jour-là, ce ne sera pas plus tard que demain à la Saint-Andoche, et voici ce que je veux : Vous me ferez danser trois bourrées après la messe, deux bourrées après vêpres, et encore deux bourrées après l'Angélus, ce qui fera sept. Et dans toute votre journée, depuis que vous serez levé jusqu'à ce que vous soyez couché, vous ne danserez aucune autre bourrée avec n'importe qui, fille ou femme. Si vous ne le faites, je saurai que vous avez trois choses bien laides en vous : l'ingratitude, la peur et le manque de parole. Bonsoir, je vous attends demain pour ouvrir la danse, à la porte de l'église.

Et la petite Fadette, que Landry avait suivie jusqu'à sa maison, tira la corillette et entra si vite que la porte fut poussé et recorillée avant que le besson eût pu répondre un mot.

XIV

Landry trouva d'abord l'idée de la Fadette
si drôle qu'il pensa à en rire plus qu'à s'en
fâcher. — Voilà, se dit-il, une fille plus folle
que méchante, et plus désintéressé qu'on ne
croirait, car son payement ne ruinera pas ma
famille. — Mais, en y songeant,il trouva
l'acquit de sa dette plus dur que la chose ne
semblait. La petite Fadette dansait très-
bien ; il l'avait vue gambiller dans les
champs ou sur le bord des chemins, avec les
pâtours, et elle s'y démenait comme un petit
diable, si vivement qu'on avait peine à la
suivre en mesure. Mais elle était si peu belle
et si mal attifée, même les dimanches,
qu'aucun garçon de l'âge de Landry ne l'eût
fait danser, surtout devant du monde. C'est
tout au plus si les prochers et les gars qui
n'avaient point encore fait leur première
communion la trouvaient digne d'être invitée, et les belles de campagne n'aimaient
point à l'avoir dans leur danse. Landry se
sentit donc tout à fait humilié d'être voué à
une pareille danseuse ; et quand il se souvint

qu'il s'était fait promettre au moins trois
bourrées par la belle Madelon, il se demanda
comment elle prendrait l'affront qu'il serait
forcé de lui faire en ne les réclamant point.

Comme il avait froid et faim, et qu'il craignait toujours de voir le follet se mettre
après lui, il marcha vite sans trop songer et
sans regarder derrière lui. Dès qu'il fut
rendu, il se sécha et conta qu'il n'avait point
vu le gué à cause de la grand'nuit, et qu'il
avait eu de la peine à sortir de l'eau ; mais il
eut honte de confesser la peur qu'il avait eue,
et il ne parla ni du feu follet ni de la petite
Fadette. Il se coucha en se disant que ce
serait bien assez tôt le lendemain pour se
tourmenter de la conséquence de cette mauvaise rencontre ; mais quoi qu'il fît, il ne put
dormir que très-mal. Il fit plus de cinquante
rêves, où il vit la petite Fadette à califour-
chon sur le fadet, qui était fait comme un
grand coq rouge et qui tenait, dans une de
ses pattes, sa lanterne de corne avec une
chandelle dedans, dont les rayons s'éten-
daient sur toute la joncière. Et alors la petite
Fadette se changeait en un grelet gros
comme une chèvre, et elle lui criait, en voix
de grelet, une chanson qu'il ne pouvait
comprendre, mais où il entendait toujours
des mots sur la même rime : grelet, fadet,
cornet, capet, follet, bessonnet, Sylvinet. Il
en avait la tête cassée, et la clarté du follet lui
semblait si vive et si prompte que, quand il
s'éveilla, il en avait encore les orblutes, qui
sont petites boules noires, rouges ou bleues,
lesquelles nous semblent être devant nos

yeux, quand nous avons regardé avec trop d'assurance les orbes du soleil ou de la lune.

Landry fut si fatigué de cette mauvaise nuit qu'il s'endormait tout le long de la messe, et mêmement il n'entendit pas une parole du sermon de M. le curé, qui, pourtant, loua et magnifia on ne peut mieux les vertus et propriétés du bon Saint Andoche. En sortant de l'église, Landry était si chargé de langueur qu'il avait oublié la Fadette. Elle était pourtant devant le porche, tout auprès de la belle Madelon, qui se tenait là, bien sûr que la première invitation serait pour elle. Mais quand il s'approcha pour lui parler, il lui fallut bien voir le grelet qui fit un pas en avant et lui dit bien haut avec une hardiesse sans pareille :

— Allons, Landry, tu m'as invitée hier soir pour la première danse, et je compte que nous allons n'y pas manquer.

Landry devint rouge comme le feu, et voyant Madelon devenir rouge aussi, pour le grand étonnement et le grand dépit qu'elle avait d'une pareille aventure, il prit courage contre la petite Fadette.

— C'est possible que je t'aie promis de te faire danser, grelet, lui dit-il ; mais j'avais prié une autre auparavant, et ton tour viendra après que j'aurai tenu mon premier engagement.

— Non pas, repartit la Fadette avec assurance. Ta souvenance te fait défaut, Landry ; tu n'as promis à personne avant moi, puisque la parole que je te réclame est de l'an dernier, et que tu n'as fait que me la renou-

veler hier soir. Si la Madelon a envie de
danser avec toi aujourd'hui, voici ton besson
qui est tout pareil à toi et qu'elle prendra à ta
place. L'un vaut l'autre.

— Le grelet a raison, répondit la Madelon
avec fierté en prenant la main de Sylvinet ;
puisque vous avez fait une promesse si
ancienne, il faut la tenir, Landry. J'aime bien
autant danser avec votre frère.

— Oui, oui, c'est la même chose, dit Sylvinet tout naïvement. Nous danserons tous les
quatre.

Il fallut bien en passer par là pour ne pas
attirer l'attention du monde, et le grelet
commença à sautiller avec tant d'orgueil et
de prestesse, que jamais bourrée ne fut
mieux marquée ni mieux enlevée. Si elle eût
été pimpante et gentille, elle eût fait plaisir à
voir, car elle dansait par merveille, et il n'y
avait pas une belle qui n'eût voulu avoir sa
légèreté et son aplomb ; mais le pauvre grelet
était si mal habillé, qu'il en paraissait dix
fois plus laid que de coutume. Landry, qui
n'osait plus regarder Madelon, tant il était
chagriné et humilié vis-à-vis d'elle, regarda
sa danseuse, et la trouva beaucoup plus
vilaine que dans les guenilles de tous les
jours ; elle avait cru se faire belle, et son
dressage était bon pour faire rire.

Elle avait une coiffe toute jaunie par le
renfermé, qui, au lieu d'être petite et bien
retroussée par derrière, selon la nouvelle
mode du pays, montrait de chaque côté de sa
tête deux grands oreillons bien larges et bien
plats ; et, sur le derrière de sa tête, la

cayenne retombait jusque sur son cou, ce qui
lui donnait l'air de sa grand'mère et lui faisait une tête large comme un boisseau sur
un petit cou mince comme un bâton. Son
cotillon de droguet était trop court de deux
mains ; et, comme elle avait grandi beaucoup dans l'année, ses bras maigres, tout
mordus par le soleil, sortaient de ses
manches comme deux pattes d'aranelle. Elle
avait cependant un tablier d'incarnat dont
elle était bien fière, mais qui lui venait de sa
mère, et dont elle n'avait point songé à retirer la bavousette, que, depuis plus de dix
ans, les jeunesses ne portent plus. Car elle
n'était point de celles qui sont trop
coquettes, la pauvre fille, elle ne l'était pas
assez, et vivait comme un garçon, sans souci
de sa figure, et n'aimant que le jeu et la risée.
Aussi avait-elle l'air d'une vieille endiman-
chée, et on la méprisait pour sa mauvaise
tenue, qui n'était point commandée par la
misère, mais par l'avarice de sa grand'mère,
et le manque de goût de la petite-fille.

XV

Sylvinet trouvait étrange que son besson
eût pris fantaisie de cette Fadette, que, pour
son compte, il aimait encore moins que Landry ne faisait. Landry ne savait comment
expliquer la chose, et il aurait voulu se
cacher sous terre. La Madelon était bien
malcontente, et malgré l'entrain que la petite
Fadette forçait leurs jambes de prendre,
leurs figures étaient si tristes qu'on eût dit
qu'il portaient le diable en terre.

Aussitôt la fin de la première danse, Landry s'esquiva et alla se cacher dans son
ouche. Mais, au bout d'un instant, la petite
Fadette, escortée du sauteriot, qui, pour ce
qu'il avait une plume de paon et un gland de
faux or à sa casquette, était plus rageur et
plus braillard que de coutume, vint bientôt le
relancer, amenant une bande de drôlesses
plus jeunes qu'elle, car celles de son âge ne la
fréquentaient guère. Quand Landry la vit
avec toute cette volaille, qu'elle comptait
prendre à témoin, en cas de refus, il se soumit et la conduisit sous les enyers où il

aurait bien voulu trouver un coin pour danser avec elle sans être remarqué. Par bonheur pour lui, ni Madelon, ni Sylvinet
n'étaient de ce côté-là, ni les gens de
l'endroit ; et il voulut profiter de l'occasion
pour remplir sa tâche et danser la troisième
bourrée avec la Fadette. Il n'y avait autour
d'eux que des étrangers qui n'y firent pas
grande attention.

Sitôt qu'il eut fini, il courut chercher
Madelon pour l'inviter à venir sous la ramée
manger de la fromentée avec lui. Mais elle
avait dansé avec d'autres qui lui avaient fait
promettre de se laisser régaler, et elle le
refusa un peu fièrement. Puis, voyant qu'il se
tenait dans un coin avec des yeux tout remplis de larmes, car le dépit et la fierté la
rendaient plus jolie fille que jamais elle ne
lui avait semblé, et l'on eût dit que tout le
monde en faisait la remarque, elle mangea
vite, se leva de table et dit tout haut : « Voilà
les vêpres qui sonnent ; avec qui vais-je danser après ? » Elle s'était tournée du côté de
Landry, comptant qu'il dirait bien vite : Avec
moi ! Mais, avant qu'il eût pu desserrer les
dents, d'autres s'étaient offerts, et la Madelon, sans daigner lui envoyer un regard de
reproche ou de pitié, s'en alla à vêpres avec
ses nouveaux galants.

Du plus vite que les vêpres furent chan-
tées, la Madelon partit avec Pierre Aubar-
deau, suivie de Jean Aladenise, et d'Étienne
Alaphilippe, qui tous trois la firent danser
l'un après l'autre, car elle n'en pouvait manquer, étant belle fille et non sans avoir. Lan-

dry la regardait du coin de l'œil, et la petite
Fadette était restée dans l'église, disant de
longues prières après les autres ; et elle faisait ainsi tous les dimanches, soit par grande
dévotion selon les uns, soit, selon d'autres,
pour mieux cacher son jeu avec le diable.

Landry fut bien peiné de voir que la Madelon ne montrait aucun souci à son endroit,
qu'elle était rouge de plaisir comme une
fraise, et qu'elle se consolait très-bien de
l'affront qu'il s'était vu forcé de lui faire. Il
s'avisa alors de ce qui ne lui était pas encore
venu à l'idée, à savoir, qu'elle pouvait bien se
ressentir d'un peu beaucoup de coquetterie,
et que, dans tous les cas, elle n'avait pas pour
lui grande attache, puisqu'elle s'amusait si
bien sans lui.

Il est vrai qu'il se savait dans son tort, du
moins par apparence ; mais elle l'avait vu
bien chagriné sous la ramée, et elle aurait pu
deviner qu'il y avait là-dessous quelque
chose qu'il aurait voulu pouvoir lui expliquer. Elle ne s'en souciait mie pourtant, et
elle était gaie comme un biquet, quand son
cœur, à lui, se fendait de chagrin.

Quand elle eut contenté ses trois danseurs,
Landry s'approcha d'elle, désirant lui parler
en secret et se justifier de son mieux. Il ne
savait comment s'y prendre pour l'emmener
à l'écart, car il était encore dans l'âge où l'on
n'a guère de courage avec les femmes ; aussi
ne put-il trouver aucune parole à propos et
la prit-il par la main pour s'en faire suivre ;
mais elle lui dit d'un air moitié dépit, moitié
pardon :

— Oui-dà, Landry, tu viens donc me faire danser à la fin ?

— Non pas danser, répondit-il, car il ne savait pas feindre et n'avait plus l'idée de manquer à sa parole ; mais vous dire quelque chose que vous ne pouvez pas refuser d'entendre.

— Oh ! si tu as un secret à me dire, Landry, ce sera pour une autre fois, répondit Madelon en lui retirant sa main. C'est aujourd'hui le jour de danser et de se divertir. Je ne suis pas encore à bout de mes jambes, et puisque le grelet a usé les tiennes, va te coucher si tu veux, moi je reste.

Là-dessus elle accepta l'offre de Germain Audoux qui venait pour la faire danser. Et comme elle tournait le dos à Landry, Landry entendit Germain Audoux qui lui disait, en parlant de lui : — Voilà un gars qui paraissait bien croire que cette bourrée-là lui reviendrait.

— Peut-être bien, dit Madelon en hochant la tête, mais ce ne sera pas encore pour son nez !

Landry fut grandement choqué de cette parole, et resta auprès de la danse pour observer toutes les allures de la Madelon, qui n'étaient point malhonnêtes, mais si fières et de telle nargue, qu'il s'en dépita ; et quand elle revint de son côté, comme il la regardait avec des yeux qui se moquaient un peu d'elle, elle lui dit par bravade : — Eh bien donc, Landry, tu ne peux trouver une danseuse, aujourd'hui. Tu seras, ma fine, obligé de retourner au grelet !

— Et j'y retournerai de bon cœur, répondit Landry ; car si ce n'est la plus belle de la fête, c'est toujours celle qui danse le mieux.

Là-dessus, il s'en fut aux alentours de l'église pour chercher la petite Fadette, et il la ramena dans la danse, tout en face de la Madelon, et il y dansa deux bourrées sans quitter la place. Il fallait voir comme le grelet était fier et content ! Elle ne cachait point son aise, faisait reluire ses coquins d'yeux noirs, et relevait sa petite tête et sa grosse coiffe comme une poule huppée.

Mais, par malheur, son triomphe donna du dépit à cinq ou six gamins qui la faisaient danser à l'habitude, et qui, ne pouvant plus en approcher, eux qui n'avaient jamais été fiers avec elle, et qui l'estimaient beaucoup pour sa danse, se mirent à la critiquer, à lui reprocher sa fierté et à chuchoter autour d'elle : — Voyez donc la grelette qui croit charmer Landry Barbeau ! grelette, sautiote, farfadette, chat grillé, grillette, râlette, — et autres sornettes à la manière de l'endroit.

XVI

Et puis, quand la petite Fadette passait
auprès d'eux, ils lui tiraient sa manche, ou
avançaient leur pied pour la faire tomber, et
il y en avait, des plus jeunes s'entend, et des
moins bien appris, qui frappaient sur l'oril-
lon de sa coiffe et la lui faisaient virer d'une
oreille à l'autre, en criant : — Au grand calot,
au grand calot à la mère Fadet !

Le pauvre grelet allongea cinq ou six tapes
à droite ou à gauche ; mais tout cela ne servit
qu'à attirer l'attention de son côté ; et les
personnes de l'endroit commencèrent à se
dire : — Mais voyez donc notre grelette,
comme elle a de la chance aujourd'hui, que
Landry Barbeau la fait danser à tout
moment ! C'est vrai qu'elle danse bien, mais
la voilà qui fait la belle fille et qui se carre
comme une agasse. — Et parlant à Landry, il
y en eut qui dirent : — Elle t'a donc jeté un
sort, mon pauvre Landry, que tu ne regardes
qu'elle ? ou bien c'est que tu veux passer
sorcier, et que bientôt nous te verrons mener
les loups aux champs.

Landry fut mortifié ; mais Sylvinet, qui ne voyait rien de plus excellent et de plus estimable que son frère, le fut encore davantage de voir qu'il se donnait en risée à tant de monde, et à des étrangers qui commençaient aussi à s'en mêler, à faire des questions, et à dire : « C'est bien un beau gars : mais, tout de même, il a une drôle d'idée de se coiffer de la plus vilaine qu'il n'y ait pas dans toute l'assemblée. » La Madelon vint, d'un air de triomphe, écouter toutes ces moqueries, et, sans charité, elle y mêla son mot : — Que voulez-vous ? dit-elle ; Landry est encore un petit enfant, et, à son âge, pourvu qu'on trouve à qui parler, on ne regarde pas si c'est une tête de chèvre ou une figure chrétienne.

Sylvinet prit alors Landry par le bras, en lui disant tout bas : — Allons-nous-en, frère, ou bien il faudra nous fâcher : car on se moque, et l'insulte qu'on fait à la petite Fadette revient sur toi. Je ne sais pas quelle idée t'a pris aujourd'hui de la faire danser quatre ou cinq fois de suite. On dirait que tu cherches le ridicule ; finis cet amusement-là, je t'en prie. C'est bon pour elle de s'exposer aux duretés et au mépris du monde. Elle ne cherche que cela, et c'est son goût : mais ce n'est pas le nôtre. Allons-nous-en, nous reviendrons après l'*Angelus*, et tu feras danser la Madelon qui est une fille bien comme il faut. Je t'ai toujours dit que tu aimais trop la danse, et que cela te ferait faire des choses sans raison.

Landry le suivit deux ou trois pas, mais il se retourna en entendant une grande cla-

meur ; et il vit la petite Fadette que Madelon
et les autres filles avaient livrée aux moqueries de leurs galants, et que les gamins,
encouragés par les risées qu'on en faisait,
venaient de décoiffer d'un coup de poing.
Elle avait ses grands cheveux noirs qui pendaient sur son dos, et se débattait tout en
colère et en chagrin ; car, cette fois, elle
n'avait rien dit qui lui méritât d'être tant
maltraitée, et elle pleurait de rage, sans pouvoir rattraper sa coiffe qu'un méchant galopin emportait au bout d'un bâton.

Landry trouva la chose bien mauvaise, et,
son bon cœur se soulevant contre l'injustice,
il attrapa le gamin, lui ôta la coiffe et le
bâton, dont il lui appliqua un bon coup dans
le derrière, revint au milieu des autres qu'il
mit en fuite, rien que de se montrer, et, prenant le pauvre grelet par la main, il lui rendit
sa coiffure.

La vivacité de Landry et la peur des
gamins firent grandement rire les assistants.
On applaudissait à Landry ; mais la Madelon
tournant la chose contre lui, il y eut des
garçons de l'âge de Landry, et même de plus
âgés, qui eurent l'air de rire à ses dépens.

Landry avait perdu sa honte ; il se sentait
brave et fort, et un je ne sais quoi de
l'homme fait lui disait qu'il remplissait son
devoir en ne laissant pas maltraiter une
femme, laide ou belle, petite ou grande, qu'il
avait prise pour sa danseuse, au vu et au su
de tout le monde. Il s'aperçut de la manière
dont on le regardait du côté de Madelon, et il
alla tout droit vis-à-vis des Aladenise et des
Alaphilippe, en leur disant :

— Eh bien ! vous autres, qu'est-ce que vous avez à en dire ? S'il me convient, à moi, de donner attention à cette fille-là, en quoi cela vous offense-t-il ? Et si vous en êtes choqués, pourquoi vous détournez-vous pour le dire tout bas ? Est-ce que je ne suis pas devant vous ? est-ce que vous ne me voyez point ? On a dit par ici que j'étais encore un petit enfant ; mais il n'y a pas par ici un homme ou seulement un grand garçon qui me l'ait dit en face ! J'attends qu'on me parle, et nous verrons si l'on molestera la fille que ce petit enfant fait danser.

Sylvinet n'avait pas quitté son frère, et, quoiqu'il ne l'approuvât point d'avoir soulevé cette querelle, il se tenait tout prêt à le soutenir. Il y avait là quatre ou cinq grands jeunes gens qui avaient la tête de plus que les bessons ; mais, quand ils les virent si résolus et comme, au fond, se battre pour si peu était à considérer, ils ne soufflèrent mot et se regardèrent les uns les autres, comme pour se demander lequel avait eu l'intention de se mesurer avec Landry. Aucun ne se présenta, et Landry, qui n'avait point lâché la main de la Fadette, lui dit :

— Mets vite ton coiffage, Fanchon, et dansons, pour que je voie si on viendra te l'ôter.

— Non, dit la petite Fadette en essuyant ses larmes, j'ai assez dansé pour aujourd'hui, et je te tiens quitte du reste.

— Non pas, non pas, il faut danser encore, dit Landry, qui était tout en feu de courage et de fierté. Il ne sera pas dit que tu ne puisses pas danser avec moi sans être insultée.

Il la fit danser encore, et personne ne lui adressa un mot ni un regard de travers. La Madelon et ses soupirants avaient été danser ailleurs. Après cette bourrée, la petite Fadette dit tout bas à Landry :

— A présent, c'est assez, Landry. Je suis contente de toi, et je te rends ta parole. Je retourne à la maison. Danse avec qui tu voudras ce soir.

Et elle s'en alla reprendre son petit frère qui se battait avec les autres enfants, et s'en alla si vite que Landry ne vit pas seulement par où elle se retirait.

XVII

Landry alla souper chez lui avec son frère ;
et, comme celui-ci était bien soucieux de
tout ce qui s'était passé, il lui raconta comme
quoi il avait eu maille à partir la veille au
soir avec le feu follet, et comment la petite
Fadette l'en ayant délivré, soit par courage,
soit par magie, elle lui avait demandé pour
sa récompense de la faire danser sept fois à
la fête de Saint-Andoche. Il ne lui parla point
du reste, ne voulant jamais lui dire quelle
peur il avait eue de le trouver noyé l'an
d'auparavant, et en cela il était sage, car ces
mauvaises idées que les enfants se mettent
quelquefois en tête y reviennent bientôt, si
l'on n'y fait attention et si on leur en parle.

Sylvinet approuva son frère d'avoir tenu sa
parole, et lui dit que l'ennui que cela lui avait
attiré augmentait d'autant l'estime qui lui en
était due. Mais, tout en s'effrayant du danger
que Landry avait couru dans la rivière, il
manqua de reconnaissance pour la petite
Fadette. Il avait tant d'éloignement pour elle
qu'il ne voulut point croire qu'elle l'eût

trouvé là par hasard, ni qu'elle l'eût secouru
par bonté.

— C'est elle, lui dit-il, qui avait conjuré le
fadet pour te troubler l'esprit et te faire
noyer ; mais Dieu ne l'a pas permis, parce
que tu n'étais pas et n'as jamais été en état de
péché mortel. Alors ce méchant grelet, abu-
sant de ta bonté et de ta reconnaissance, t'a
fait faire une promesse qu'elle savait bien
fâcheuse et dommageable pour toi. Elle est
très mauvaise, cette fille-là : toutes les sor-
cières aiment le mal, il n'y en a pas de
bonnes. Elle savait bien qu'elle te brouillerait
avec la Madelon et tes plus honnêtes
connaissances. Elle voulait aussi te faire
battre ; et si, pour la seconde fois, le bon
Dieu ne t'avait point défendu contre elle, tu
aurais bien pu avoir quelque mauvaise dis-
pute et attraper du malheur.

Landry, qui voyait volontiers par les yeux
de son frère, pensa qu'il avait peut-être bien
raison, et ne défendit guère la Fadette contre
lui. Ils causèrent ensemble sur le follet, que
Sylvinet n'avait jamais vu, et dont il était
bien curieux d'entendre parler, sans pourtant désirer de le voir. Mais ils n'osèrent pas
en parler à leur mère, parce qu'elle avait
peur, rien que d'y songer ; ni à leur père,
parce qu'il s'en moquait, et en avait vu plus
de vingt sans y donner d'attention.

On devait danser encore jusqu'à la
grand'nuit ; mais Landry, qui avait le cœur
gros à cause qu'il était pour de bon fâché
contre la Madelon, ne voulut point profiter
de la liberté que la Fadette lui avait rendue,

et il aida son frère à aller chercher ses bêtes
au pacage. Et comme cela le conduisit à
moitié chemin de la Priche, et qu'il avait le
mal de tête, il dit adieu à son frère au bout
de la joncière. Sylvinet ne voulut point qu'il
allât passer au gué des Roulettes, crainte que
le follet ou le grelet ne lui fissent encore là
quelque méchant jeu. Il lui fit promettre de
prendre le plus long et d'aller passer à la
planchette du grand moulin.

Landry fit comme son frère souhaitait, et
au lieu de traverser la joncière, il descendit
la traîne qui longe la côte du Chaumois. Il
n'avait peur de rien, parce qu'il y avait
encore du bruit en l'air à cause de la fête. Il
entendait tant soit peu les musettes et les
cris des danseurs de la Saint-Andoche, et il
savait bien que les esprits ne font leurs
malices que quand tout le monde est
endormi dans le pays.

Quand il fut au bas de la côte, tout au droit
de la carrière, il entendit une voix qui paraissait gémir et pleurer, et tout d'abord il crut
que c'était le courlis. Mais, à mesure qu'il
approchait, cela ressemblait à des gémissements humains, et, comme le cœur ne lui
faisait jamais défaut quand il s'agissait
d'avoir affaire à des êtres de son espèce, et
surtout de leur porter secours, il descendit
hardiment dans le plus creux de la carrière.

Mais la personne qui se plaignait ainsi fit
silence en l'entendant venir.

— Qui pleure donc ça par ici ? demanda-
t-il d'une voix assurée.

On ne lui répondit mot.

— Y a-t-il par là quelqu'un de malade ?
fit-il encore.

Et comme on ne disait rien, il songea à
s'en aller ; mais auparavant il voulut regarder emmy les pierres et les grands chardons
qui encombraient l'endroit, et bientôt il vit, à
la clarté de la lune qui commençait à monter, une personne couchée par terre tout de
son long, la figure en avant et ne bougeant
non plus que si elle était morte, soit qu'elle
n'en valût guère mieux, soit qu'elle se fût
jetée là dans une grande affliction, et que,
pour ne pas se faire apercevoir, elle ne voulût point remuer.

Landry n'avait jamais encore vu ni touché
un mort. L'idée que c'en était peut-être un lui
fit une grande émotion ; mais il se surmonta,
parce qu'il pensa devoir porter assistance à
son prochain, et il alla résolument pour tâter
la main de cette personne étendue, qui, se
voyant découverte, se releva à moitié aussitôt qu'il fut auprès d'elle ; et alors Landry
connut que c'était la petite Fadette.

XVIII

Landry fut fâché d'abord d'être obligé de trouver toujours la petite Fadette sur son chemin ; mais comme elle paraissait avoir une peine, il en eut compassion. Et voilà l'entretien qu'ils eurent ensemble :

— Comment, Grelet, c'est toi qui pleurais comme ça ? Quelqu'un t'a-t-il frappée ou pourchassée encore, que tu te plains et que tu te caches ?

— Non, Landry, personne ne m'a molestée depuis que tu m'as si bravement défendue ; et d'ailleurs je ne crains personne. Je me cachais pour pleurer, et c'est tout, car il n'y a rien de si sot que de montrer sa peine aux autres.

— Mais pourquoi as-tu une si grosse peine ? Est-ce à cause des méchancetés qu'on t'a faites aujourd'hui ? Il y a eu un peu de ta faute ; mais il faut t'en consoler et ne plus t'y exposer.

— Pourquoi dites-vous, Landry, qu'il y a eu de ma faute ? C'est donc un outrage que je vous ai fait de souhaiter de danser avec vous, et je suis donc la seule fille qui n'ait pas le droit de s'amuser comme les autres ?

— Ce n'est point cela, Fadette ; je ne vous fais point reproche d'avoir voulu danser avec moi. J'ai fait ce que vous souhaitiez, et je me suis conduit avec vous comme je devais. Votre tort est plus ancien que la journée d'aujourd'hui, et si vous l'avez eu, ce n'est point envers moi, mais envers vous-même, vous le savez bien.

— Non, Landry ; aussi vrai que j'aime Dieu, je ne connais pas ce tort-là ; je n'ai jamais songé à moi-même, et si je me reproche quelque chose, c'est de vous avoir causé du désagrément contre mon gré.

— Ne parlons pas de moi, Fadette, je ne vous fait aucune plainte ; parlons de vous ; et puisque vous ne vous connaissez point de défauts, voulez-vous que, de bonne foi et de bonne amitié, je vous dise ceux que vous avez ?

— Oui, Landry, je le veux, et j'estimerai cela la meilleure récompense ou la meilleure punition que tu puisses me donner pour le bien ou le mal que je t'ai fait.

— Eh bien, Fanchon Fadet, puisque tu parles si raisonnablement, et que, pour la première fois de ta vie, je te vois douce et traitable, je vais te dire pourquoi on ne te respecte pas comme une fille de seize ans devrait pouvoir l'exiger. C'est que tu n'as rien d'une fille et tout d'un garçon, dans ton air et dans tes manières ; c'est que tu ne prends pas soin de ta personne. Pour commencer, tu n'as point l'air propre et soigneux, et tu te fais paraître laide par ton habillement et par ton langage. Tu sais bien que les enfants t'appellent d'un nom encore plus déplaisant que celui de grelet. Ils t'appellent souvent le *mâlot*. Eh bien, crois-tu que ce soit à propos, à seize ans, de ne point ressembler encore à une fille ? Tu montes sur les arbres comme un vrai chatécurieux, et quand tu sautes sur une jument, sans bride ni selle, tu la fais galoper comme si le diable était dessus. C'est bon d'être forte et leste ; c'est bon aussi de n'avoir peur de rien, et c'est un avantage de nature pour un homme. Mais pour une femme trop est trop, et tu as l'air de vouloir te faire remarquer. Aussi on te remarque, on te taquine, on crie après toi comme après le loup. Tu as de l'esprit et tu réponds des malices qui font rire ceux à qui elles ne s'adressent point. C'est encore bon d'avoir plus d'esprit que les autres ; mais à force de le montrer, on se fait des ennemis. Tu es curieuse, et quand tu as surpris les secrets des autres, tu les leur jettes à la figure bien durement, aussitôt que tu as à te plaindre d'eux. Cela te fait craindre, et on déteste ceux qu'on craint. On leur rend plus de mal qu'ils n'en font. Enfin, que tu sois sorcière ou non, je veux croire que tu as des connaissances, mais j'espère que tu ne t'es pas donnée aux mauvais esprits ; tu cherches à le paraître pour effrayer ceux qui te fâchent, et c'est toujours un assez vilain renom que tu te donnes là. Voilà tous tes torts, Fanchon Fadet ; et c'est à cause de ces torts-là que les gens en ont avec toi. Rumine un peu la chose, et tu verras que si tu voulais être un peu plus comme les autres, on te saurait plus gré de ce que tu as de plus qu'eux dans ton entendement.

— Je te remercie, Landry, répondit la petite Fadette d'un air très-sérieux, après avoir écouté le besson bien religieusement. Tu m'as dit à peu près ce que tout le monde me reproche, et tu me l'as dit avec beaucoup d'honnêteté et de ménagement, ce que les autres ne font point ; mais à présent veux-tu que je te réponde, et, pour cela, veux-tu t'asseoir à mon côté pour un petit moment ?

— L'endroit n'est guère agréable, dit Landry, qui ne se souciait point trop de s'attarder avec elle, et qui songeait toujours aux mauvais sorts qu'on l'accusait de jeter sur ceux qui ne s'en méfiaient point.

— Tu ne trouves point l'endroit agréable, reprit-elle, parce que vous autres riches vous êtes difficiles. Il vous faut du beau gazon pour vous asseoir dehors, et vous pouvez choisir dans vos prés et dans vos jardins les plus belles places et le meilleur ombrage. Mais ceux qui n'ont rien à eux n'en demandent pas si long au bon Dieu, et ils s'accommodent de la première pierre venue pour y poser leur tête. Les épines ne blessent point leurs pieds, et là où ils se trouvent ils observent tout ce qui est joli et avenant au ciel et sur la terre. Il n'y a point de vilain endroit, Landry, pour ceux qui connaissent la vertu et la douceur de toutes les choses que Dieu a faites. Moi, je sais, sans être sorcière, à quoi sont bonnes les moindres herbes que tu écrases sous tes pieds ; et quand je sais leur usage, je les regarde et ne méprise ni leur odeur ni leur figure. Je te dis cela, Landry, pour t'enseigner tout à l'heure une autre chose qui se rapporte aux âmes chrétiennes aussi bien qu'aux fleurs des jardins et aux ronces des carrières ; c'est que l'on méprise trop souvent ce qui ne paraît ni beau ni bon, et que par là on se prive de ce qui est secourable et salutaire.

— Je n'entends pas bien ce que tu veux signifier, dit Landry en s'asseyant auprès d'elle ; — et ils restèrent un moment sans se parler, car la petite Fadette avait l'esprit envolé à des idées que Landry ne connaissait point ; et, quant à lui, malgré qu'il en eût un peu d'embrouillement dans la tête, il ne pouvait pas s'empêcher d'avoir du plaisir à entendre cette fille ; car jamais il n'avait entendu une voix si douce et des paroles si bien dites que les paroles et la voix de la Fadette dans ce moment-là.

— Écoute, Landry, lui dit-elle, je suis plus à plaindre qu'à blâmer ; et si j'ai des torts envers moi-même, du moins n'en ai-je jamais eu de sérieux envers les autres ; et si le monde était juste et raisonnable, il ferait plus d'attention à mon cœur qu'à ma vilaine figure et à mes mauvais habillements. Vois un peu, ou apprends, si tu ne le sais, quel a été mon sort depuis que je suis au monde. Je ne te dirai point de mal de ma pauvre mère qu'un chacun blâme et insulte, quoiqu'elle ne soit point là pour se défendre, et sans que je puisse le faire, moi qui ne sait pas bien ce qu'elle a fait de mal, ni pourquoi elle a été poussée à le faire. Eh bien, le monde est si méchant, qu'à peine ma mère m'eut-elle délaissée, et comme je la pleurais encore bien amèrement, au moindre dépit que les autres enfants avaient contre moi, pour un jeu, pour un rien qu'ils se seraient pardonné entre eux, ils me reprochaient la faute de ma mère et voulaient me forcer à rougir d'elle. Peut-être qu'à ma place une fille raisonnable, comme tu dis, se fût abaissée dans le silence, pensant qu'il était prudent d'abandonner la cause de sa mère et de la laisser injurier pour se préserver de l'être. Mais moi, vois-tu, je ne le pouvais pas. C'était plus fort que moi. Ma mère était toujours ma mère, et qu'elle soit ce qu'on voudra, que je la retrouve ou que je n'en entende jamais parler, je l'aimerai toujours de toute la force de mon cœur. Aussi, quand on m'appelle enfant de coureuse et de vivandière, je suis en colère, non à cause de moi : je sais bien que cela ne peut m'offenser, puisque je n'ai rien fait de mal ; mais à cause de cette pauvre chère femme que mon devoir est de défendre. Et comme je ne peux ni ne sais la défendre, je la venge, en disant aux autres les vérités qu'ils méritent, et en leur montrant qu'il ne valent pas mieux que celle à qui ils jettent la pierre. Voilà pourquoi ils disent que je suis curieuse et insolente, que je surprends leurs secrets pour les divulguer. Il est vrai que le bon Dieu m'a faite curieuse, si c'est l'être que de désirer de connaître les choses cachées. Mais si on avait été bon et humain envers moi, je n'aurais pas songé à contenter ma curiosité au dépens du prochain. J'aurais renfermé mon amusement dans la connaissance des secrets que m'enseigne ma grand'mère pour la guérison du corps humain. Les fleurs, les herbes, les pierres, les mouches, tous les secrets de nature, il y en aurait eu bien assez pour m'occuper et pour me divertir, moi qui aime à vaguer et à fureter partout. J'aurais toujours été seule, sans connaître l'ennui ; car mon plus grand plaisir est d'aller dans les endroits qu'on ne fréquente point et d'y rêvasser à cinquante choses dont je n'entends jamais parler aux personnes qui se croient bien sages et bien avisées. Si je me suis laissé attirer dans le commerce de mon prochain, c'est par l'envie que j'avais de rendre service avec les petites connaissances qui me sont venues et dont ma grand'mère elle-même fait souvent son profit sans rien dire. Eh bien, au lieu d'être remerciée honnêtement par tous les enfants de mon âge dont je guérissais les blessures et les maladies, et à qui j'enseignais mes remèdes sans demander jamais de récompense, j'ai été traitée de sorcière ; et ceux qui venaient bien doucement me prier quand ils avaient besoin de moi, me disaient plus tard des sottises à la première occasion.

Cela me courrouçait, et j'aurais pu leur nuire, car si je sais des choses pour faire du bien, j'en sais aussi pour faire du mal ; et pourtant je n'en ai jamais fait usage ; je ne connais point la rancune, et si je me venge en paroles, c'est que je suis soulagée en

disant tout de suite ce qui me vient au bout
de la langue, et qu'ensuite je n'y pense plus et
pardonne, ainsi que Dieu le commande.
Quant à ne prendre soin ni de ma personne
ni de mes manières, cela devrait montrer
que je ne suis pas assez folle pour me croire
belle, lorsque je sais que je suis si laide que
personne ne peut me regarder. On me l'a dit
assez souvent pour que je le sache ; et, en
voyant combien les gens sont durs et méprisants pour ceux que le bon Dieu a mal partagés, je me suis fait un plaisir de leur déplaire,
me consolant par l'idée que ma figure n'avait
rien de repoussant pour le bon Dieu et pour
mon ange gardien, lesquels ne me la reprocheraient pas plus que je ne la leur reproche
moi-même. Aussi, moi, je ne suis pas comme
ceux qui disent : Voilà une chenille, une
vilaine bête ; ah ! qu'elle est laide ! il faut la
tuer ! Moi, je n'écrase pas la pauvre créature
du bon Dieu, et si la chenille tombe dans
l'eau, je lui tends une feuille pour qu'elle se
sauve. Et à cause de cela, on dit que j'aime
les mauvaises bêtes et que je suis sorcière,
parce que je n'aime pas à faire souffrir une
grenouille, à arracher les pattes à une guêpe
et à clouer une chauve-souris vivante contre
un arbre. Pauvre bête, que je lui dis, si on
doit tuer tout ce qui est vilain, je n'aurais pas
plus que toi le droit de vivre.

XIX

Landry fut, je ne sais comment, émotionné de la manière dont la petite Fadette parlait humblement et tranquillement de sa laideur, et, se remémorant sa figure, qu'il ne voyait guère dans l'obscurité de la carrière, il lui dit, sans songer à la flatter :

— Mais, Fadette, tu n'es pas si vilaine que tu le crois, ou que tu veux bien le dire. Il y en a de bien plus déplaisantes que toi à qui on n'en fait pas reproche.

— Que je le sois un peu de plus, un peu de moins, tu ne peux pas dire, Landry, que je suis une jolie fille. Voyons, ne cherche pas à me consoler, car je n'en ai pas de chagrin.

— Dame ! qu'est-ce qui sait comment tu serais si tu étais habillée et coiffée comme les autres ? Il y a une chose que tout le monde dit : c'est que si tu n'avais pas le nez si court, la bouche si grande et la peau si noire, tu ne serais point mal ; car on dit aussi que, dans tout le pays d'ici, il n'y a pas une paire d'yeux comme les tiens, et si tu n'avais point le regard si hardi et si moqueur, on aimerait à être bien vu de ces yeux-là.

Landry parlait de la sorte sans trop se rendre compte de ce qu'il disait. Il se trouvait en train de se rappeler les défauts et les qualités de la petite Fadette ; et, pour la première fois, il y donnait une attention et un intérêt dont il ne se serait pas cru capable un moment plus tôt. Elle y prit garde, mais n'en fit rien paraître, ayant trop d'esprit pour prendre la chose au sérieux.

— Mes yeux voient en bien ce qui est bon, dit-elle, et en pitié ce qui ne l'est pas. Aussi je me console bien de déplaire à qui ne me plaît point, et je ne conçois guère pourquoi toutes ces belles filles, que je vois courtisées, sont coquettes avec tout le monde, comme si tout le monde était de leur goût. Pour moi, si j'étais belle, je ne voudrais le paraître et me rendre aimable qu'à celui qui me conviendrait.

Landry pensa à la Madelon, mais la petite Fadette ne le laissa pas sur cette idée-là ; elle continua de parler comme s'ensuit :

— Voilà donc, Landry, tout mon tort envers les autres, c'est de ne point chercher à quêter leur pitié ou leur indulgence pour ma laideur. C'est de me montrer à eux sans aucun attifage pour la déguiser, et cela les offense et leur fait oublier que je leur ai fait souvent du bien, jamais de mal. D'un autre côté, quand même j'aurais soin de ma personne, où prendrais-je de quoi me faire brave ? Ai-je jamais mendié, quoique je n'aie pas à moi un sou vaillant ? Ma grand'mère me donne-t-elle la moindre chose, si ce n'est la retirance et le manger ? Et si je ne sais point tirer parti des pauvres hardes que ma pauvre mère m'a laissées, est-ce ma faute, puisque personne ne me l'a enseigné, et que depuis l'âge de dix ans je suis abandonnée sans amour ni merci de personne ? Je sais bien le reproche qu'on me fait, et tu as eu la charité de me l'épargner : on dit que j'ai seize ans et que je pourrais bien me louer, qu'alors j'aurais des gages et le moyen de m'entretenir ; mais que l'amour de la paresse et du vagabondage me retient auprès de ma grand'mère, qui ne m'aime pourtant guère et qui a bien le moyen de prendre une servante.

— Eh bien, Fadette, n'est-ce point la vérité ? dit Landry. On te reproche de ne pas aimer l'ouvrage, et ta grand'mère elle-même dit à qui veut l'entendre, qu'elle aurait du profit à prendre une domestique à ta place.

— Ma grand'mère dit cela parce qu'elle aime à gronder et à se plaindre. Et pourtant quand je parle de la quitter, elle me retient, parce qu'elle sait que je lui suis plus utile qu'elle ne veut le dire. Elle n'a plus ses yeux ni ses jambes de quinze ans pour trouver les herbes dont elle fait ses breuvages et ses poudres, et il y en a qu'il faut aller chercher bien loin et dans des endroits bien difficiles. D'ailleurs, je te l'ai dit, je trouve de moi-même aux herbes des vertus qu'elle ne leur connaît pas, et elle est bien étonnée quand je fais des drogues dont elle voit ensuite le bon effet. Quant à nos bêtes, elles sont si belles qu'on est tout surpris de voir un pareil troupeau à des gens qui n'ont de pacage autre que le communal. Eh bien, ma grand'mère sait à qui elle doit des ouailles en si bonne laine et des chèvres en si bon lait. Va, elle n'a point envie que je la quitte, et je lui vaux plus gros que je ne lui coûte. Moi, j'aime ma grand'mère, encore qu'elle me rudoie et me prive beaucoup. Mais j'ai une autre raison pour ne pas la quitter, et je te la dirai si tu veux, Landry.

— Eh bien, dis-la donc, répondit Landry, qui ne se fatiguait point d'écouter la Fadette.

— C'est, dit-elle, que ma mère m'a laissé sur les bras, alors que je n'avais encore que dix ans, un pauvre enfant bien laid, aussi laid que moi, et encore plus disgracié, pour ce qu'il est éclopé de naissance, chétif, maladif, crochu et toujours en chagrin et en malice, parce qu'il est toujours en souffrance, le pauvre gars ! Et tout le monde le tracasse, le repousse et l'avilit, mon pauvre sauteriot ! Ma grand'mère le tance trop rudement et le frapperait trop, si je ne le défendais contre elle, en faisant semblant de le tarabuster à sa place. Mais j'ai toujours grand soin de ne pas le toucher pour de vrai, et il le sait bien, lui ! Aussi quand il a fait une faute, il accourt se cacher dans mes jupons, et il me dit : « Bats-moi avant que ma grand'mère ne me prenne ! » Et moi, je le bats pour rire, et le malin fait semblant de crier. Et puis je le soigne ; je ne peux pas toujours l'empêcher d'être en loques, le pauvre petit ; mais quand j'ai quelque nippe, je l'arrange pour l'habiller, et je le guéris quand il est malade, tandis que ma grand'mère le ferait mourir, car elle ne sait

point soigner les enfants. Enfin, je le
conserve à la vie, ce malingret, qui sans moi
serait bien malheureux, et bientôt dans la
terre à côté de notre pauvre père, que je n'ai
pas pu empêcher de mourir. Je ne sais pas si
je lui rends service en le faisant vivre, tortu
et malplaisant comme il est ; mais c'est plus
fort que moi, Landry, et quand je songe à
prendre du service pour avoir quelque
argent à moi et me retirer de la misère où je
suis, mon cœur se fend de pitié et me fait
reproche, comme si j'étais la mère de mon
sauteriot, et comme si je le voyais périr par
ma faute. Voilà tous mes torts et tous mes
manquements, Landry. A présent, que le bon
Dieu me juge ; moi, je pardonne à ceux qui
me méconnaissent.

XX

Landry écoutait toujours la petite Fadette avec une grande contention d'esprit, et sans trouver à redire à aucune de ses raisons. En dernier lieu, la manière dont elle parla de son petit frère le sauteriot, lui fit un effet, comme si, tout d'un coup, il se sentait de l'amitié pour elle, et comme s'il voulait être de son parti contre tout le monde.

— Cette fois-ci, Fadette, dit-il, celui qui te donnerait tort serait dans son tort le premier ; car tout ce que tu as dit là est très-bien dit, et personne ne se douterait de ton bon cœur et de ton bon raisonnement. Pourquoi ne te fais-tu pas connaître pour ce que tu es ? on ne parlerait pas mal de toi et il y en a qui te rendraient justice.

— Je te l'ai bien dit, Landry, reprit-elle. Je n'ai pas besoin de plaire à qui ne me plaît point.

— Mais si tu me le dis à moi, c'est donc que...

Là-dessus Landry s'arrêta, tout étonné de ce qu'il avait manqué de dire ; et, se reprenant :

— C'est donc, fit-il, que tu as plus d'estime pour moi que pour un autre ? Je croyais pourtant que tu me haïssais à cause que je n'ai jamais été bon pour toi.

— C'est possible que je t'aie haï un peu, répondit la petite Fadette ; mais si cela a été, cela n'est plus à partir d'aujourd'hui, et je vas te dire pourquoi, Landry. Je te croyais fier, et tu l'es ; mais tu sais surmonter ta fierté pour faire ton devoir, et tu y as d'autant plus de mérite. Je te croyais ingrat, et, quoique la fierté qu'on t'a enseignée te pousse à l'être, tu es si fidèle à ta parole que rien ne coûte pour t'acquitter. Enfin, je te croyais poltron, et pour cela j'étais portée à te mépriser ; mais je vois que tu n'as que de la superstition, et que le courage, quand il s'agit d'un danger certain à affronter, ne te fait pas défaut. Tu m'as fait danser aujourd'hui, quoique tu en fusses bien humilié. Tu es même venu, après vêpres, me chercher auprès de l'église, au moment où je t'avais pardonné dans mon cœur après avoir fait ma prière, et où je ne songeais plus à te tourmenter. Tu m'as défendue contre de méchants enfants, et tu as provoqué de grands garçons qui, sans toi, m'auraient maltraitée. Enfin, ce soir, en m'entendant pleurer, tu es venu à moi pour m'assister et me consoler. Ne crois point, Landry, que j'oublierai jamais ces choses-là. Tu auras toute ta vie la preuve que j'en garde une grande souvenance, et tu pourras me requérir, à ton tour, de tout ce que tu voudras, dans quelque moment que ce soit. Ainsi, pour commencer, je sais que je t'ai fait

aujourd'hui une grosse peine. Oui, je le sais,
Landry, je suis assez sorcière pour l'avoir
deviné, encore que, ce matin, je ne m'en
doutais point. Va, sois certain que j'ai plus
de malice que de méchanceté, et que, si je
t'avais su amoureux de la Madelon, je ne
t'aurais pas brouillé avec elle, comme je l'ai
fait en te forçant à danser avec moi. Cela
m'amusait, j'en tombe d'accord, de voir que,
pour danser avec une laideron comme moi,
tu laissais de côté une belle ; mais je croyais
que c'était seulement une petite piqûre à ton
amour-propre. Quand j'ai peu à peu compris
que c'était une vraie blessure dans ton cœur,
que, malgré toi, tu regardais toujours du
côté de Madelon, et que son dépit te donnait
envie de pleurer, j'ai pleuré aussi, vrai ! j'ai
pleuré au moment où tu as voulu te battre
contre ses galants, et tu as cru que c'était des
larmes de repentance. Voilà pourquoi je
pleurais encore si amèrement quand tu m'as
surprise ici, et pourquoi je pleurerai jusqu'à
ce que j'aie réparé le mal que j'ai causé à un
bon et brave garçon comme je connais à
présent que tu l'es.

— Et, en supposant, ma pauvre Fanchon,
dit Landry, tout ému des larmes qu'elle
recommençait à verser, que tu m'aies causé
une fâcherie avec une fille dont je serais
amoureux comme tu dis, que pourrais-tu
donc faire pour nous remettre en ton
accord ?

— Fie-toi à moi, Landry, répondit la petite
Fadette. Je ne suis pas assez sotte pour ne
pas m'expliquer comme il faut. La Madelon

saura que tout le tort est venu de moi. Je me confesserai à elle et je te rendrai blanc comme neige. Si elle ne te rend pas son amitié demain, c'est qu'elle ne t'a jamais aimé et...

— Et que je ne dois pas la regretter, Fanchon ; et comme elle ne m'a jamais aimé, en effet, tu prendrais une peine inutile. Ne le fais donc pas, et console-toi du petit chagrin que tu m'as fait. J'en suis déjà guéri.

— Ces peines-là ne guérissent pas si vite, répondit la petite Fadette ; et puis, se ravisant : — Du moins à ce qu'on dit, fit-elle. C'est le dépit qui te fait parler, Landry. Quand tu auras dormi là-dessus, demain viendra et tu seras bien triste jusqu'à ce que tu aies fait la paix avec cette belle fille.

— Peut-être bien, dit Landry, mais, à cette heure, je te baille ma foi que je n'en sais rien et que je n'y pense point. Je m'imagine que c'est toi qui veux me faire accroire que j'ai beaucoup d'amitié pour elle, et moi, il me semble que si j'en ai eu, c'était si petitement que j'en ai quasiment perdu souvenance.

— C'est drôle, dit la petite Fadette en soupirant ; c'est donc comme ça que vous aimez, vous, les garçons ?

— Dame ! vous autres filles, vous n'aimez pas mieux ; puisque vous vous choquez si aisément, et que vous vous consolez si vite avec le premier venu. Mais nous parlons là de choses que nous n'entendons peut-être pas encore, du moins toi, ma petite Fadette, qui vas toujours te gaussant des amoureux. Je crois bien que tu t'amuses de moi encore à

cette heure, en voulant arranger mes affaires
avec la Madelon. Ne le fais pas, te dis-je, car
elle pourrait croire que je t'en ai chargée, et
elle se tromperait. Et puis ça la fâcherait
peut-être de penser que je me fais présenter
à elle comme son amoureux attitré ; car la
vérité est que je ne lui ai encore jamais dit un
mot d'amourette, et que, si j'ai eu du contentement à être auprès d'elle et à la faire danser, elle ne m'a jamais donné le courage de le
lui faire assavoir par mes paroles. Par ainsi,
laissons passer la chose ; elle en reviendra
d'elle-même si elle veut ; et si elle n'en
revient pas, je crois bien que je n'en mourrai
point.

— Je sais mieux ce que tu penses là-dessus que toi-même, Landry, reprit la petite
Fadette. Je te crois quand tu me dis que tu
n'as jamais fait connaître ton amitié à la
Madelon par des paroles : mais il faudrait
qu'elle fût bien simple pour ne l'avoir pas
connue dans tes yeux, aujourd'hui surtout.
Puisque j'ai été cause de votre fâcherie, il
faut que je sois cause de votre contentement,
et c'est la bonne occasion de faire
comprendre à la Madelon que tu l'aimes.
C'est à moi de le faire et je le ferai si finement, et si à propos, qu'elle ne pourra point
t'accuser de m'y avoir provoquée. Fie-toi,
Landry, à la petite Fadette, au pauvre vilain
grelet, qui n'a point le dedans aussi laid que
le dehors ; et pardonne-lui de t'avoir tourmenté, car il en résultera pour toi un grand
bien. Tu connaîtras que s'il est doux d'avoir
l'amour d'une belle, il est utile d'avoir l'ami-

tié d'une laide ; car les laides ont du désin-
téressement et rien ne leur donne dépit ni
rancune.

— Que tu sois belle ou laide, Fanchon, dit
Landry en lui prenant la main, je crois
comprendre déjà que ton amitié est une très-
bonne chose, et si bonne, que l'amour en est
peut-être une mauvaise en comparaison. Tu
as beaucoup de bonté, je le connais à présent ; car je t'ai fait un grand affront auquel
tu n'as pas voulu prendre garde aujourd'hui,
et quand tu dis que je me suis bien conduit
avec toi, je trouve, moi, que j'ai agi fort mal-
honnêtement.

— Comment donc ça, Landry ? Je ne sais
pas en quoi...

— C'est que je ne t'ai pas embrassée une
seule fois à la danse, Fanchon, et pourtant
c'était mon devoir et mon droit, puisque c'est
la coutume. Je t'ai traitée comme on fait des
petites filles de dix ans, qu'on ne se baisse
pas pour embrasser, et pourtant tu es quasiment de mon âge ; il n'y a pas plus d'un an de
différence. Je t'ai donc fait une injure, et si tu
n'étais pas si bonne fille, tu t'en serais bien
aperçue.

— Je n'y ai pas seulement pensé, dit la
petite Fadette ; et elle se leva, car elle sentait
qu'elle mentait, et elle ne voulait pas le faire
paraître. Tiens, dit-elle en se forçant pour
être gaie ; écoute comme les grelets chantent
dans les blés en chaume ; ils m'appellent par
mon nom, et la chouette est là-bas qui me
crie l'heure que les étoiles marquent dans le
cadran du ciel.

— Je l'entends bien aussi, et il faut que je
rentre à la Priche ; mais avant que je te dise
adieu, Fadette, est-ce que tu ne veux pas me
pardonner ?

— Mais je ne t'en veux pas, Landry, et je
n'ai pas de pardon à te faire.

— Si fait, dit Landry, qui était tout agité
d'un je ne sais quoi, depuis qu'elle lui avait
parlé d'amour et d'amitié, d'une voix si
douce que celle des bouvreuils qui gazouil-
laient en dormant dans les buissons paraissait dure auprès. Si fait, tu me dois un pardon, c'est de me dire qu'il faut à présent que
je t'embrasse pour réparer de l'avoir omis
dans le jour.

La petite Fadette trembla un peu : puis,
tout aussitôt, reprenant sa bonne humeur :

— Tu veux, Landry, que je te fasse expier
ton tort par une punition. Eh bien, je t'en
tiens quitte, mon garçon. C'est bien assez
d'avoir fait danser la laide, ce serait trop de
vertu que de vouloir l'embrasser.

— Tiens, ne dis pas ça, s'exclama Landry
en lui prenant la main et le bras tout
ensemble ; je crois que ça ne peut être une
punition de t'embrasser... à moins que si la
chose ne te chagrine et ne te répugne, venant
de moi...

Et quand il eut dit cela, il fit un tel souhait
d'embrasser la petite Fadette, qu'il tremblait
de peur qu'elle n'y consentît point.

— Écoute, Landry, lui dit-elle de sa voix
douce et flatteuse, si j'étais belle, je te dirais
que ce n'est le lieu ni l'heure de s'embrasser
comme en cachette. Si j'étais coquette, je

penserais, au contraire, que c'est l'heure et le lieu, parce que la nuit cache ma laideur, et qu'il n'y a ici personne pour te faire honte de ta fantaisie. Mais, comme je ne suis ni coquette ni belle, voilà ce que je te dis : Serre-moi la main en signe d'honnête amitié, et je serai contente d'avoir ton amitié, moi qui n'en ai jamais eu et qui n'en souhaiterai jamais d'autre.

— Oui, dit Landry, je serre ta main de tout mon cœur, entends-tu Fadette ? Mais la plus honnête amitié, et c'est celle que j'ai pour toi, n'empêche point qu'on s'embrasse ? Si tu me dénies cette preuve-là, je croirai que tu as encore quelque chose contre moi.

Et il tenta de l'embrasser par surprise ; mais elle y fit résistance, et, comme il s'y obstinait, elle se mit à pleurer en disant :

— Laisse-moi, Landry, tu me fais beaucoup de peine.

Landry s'arrêta tout étonné, et si chagriné de la voir encore dans les larmes, qu'il en eut comme du dépit.

— Je vois bien, lui dit-il, que tu ne dis pas la vérité en me disant que mon amitié est la seule que tu veuilles avoir. Tu en as une plus forte qui te défend de m'embrasser.

— Non, Landry, répondit-elle en sanglotant ; mais j'ai peur que, pour m'avoir embrassée la nuit, sans me voir, vous ne me haïssiez quand vous me reverrez au jour.

— Est-ce que je ne t'ai jamais vue ? dit Landry impatienté ; est-ce que je ne te vois pas à présent ? Tiens, viens un peu à la lune, je te vois bien, et je ne sais pas si tu es laide,

mais j'aime ta figure, puisque je t'aime, voilà
tout.

Et puis il l'embrassa, d'abord tout en trem-
blant, et puis, il y revient avec tant de goût
qu'elle en eut peur, et lui dit en le repoussant :

— Assez ! Landry, assez ! on dirait que tu
m'embrasses de colère ou que tu penses à
Madelon. Apaise-toi, je lui parlerai demain,
et demain tu l'embrasseras avec plus de joie
que je ne peux t'en donner.

Là-dessus, elle sortit vitement des abords
de la carrière, et partit de son pied léger.

Landry était comme affolé, et il eut envie
de courir après elle. Il s'y reprit à trois fois
avant de se décider à redescendre du côté de
la rivière. Enfin, sentant que le diable était
après lui, il se mit à courir aussi et ne
s'arrêta qu'à la Priche.

Le lendemain, quand il alla voir ses bœufs
au petit jour, tout en les affenant et les câli-
nant, il pensait en lui-même à cette causerie
d'une grande heure qu'il avait eue dans la
carrière du Chaumois avec la petite Fadette,
et qui lui avait paru comme un instant. Il
avait encore la tête alourdie par le sommeil
et par la fatigue d'esprit d'une journée si
différente de celle qu'il aurait dû passer. Et il
se sentait tout troublé et comme épeuré de
ce qu'il avait senti pour cette fille, qui lui
revenait devant les yeux, laide et de mauvaise tenue, comme il l'avait toujours
connue. Il s'imaginait par moment avoir rêvé
le souhait qu'il avait fait de l'embrasser, et le
contentement qu'il avait eu de la serrer

contre son cœur, comme s'il avait senti un grand amour pour elle, comme si elle lui avait paru tout d'un coup plus belle et plus aimable que pas une fille sur terre.

— Il faut qu'elle soit charmeuse comme on le dit, bien qu'elle s'en défende, pensait-il car pour sûr elle m'a ensorcelé hier soir, et jamais, dans toute ma vie, je n'ai senti pour père, mère, sœur ou frère, non pas certes pour la belle Madelon, et non pas même pour mon cher besson Sylvinet, un élan d'amitié pareil à celui que, pendant deux ou trois minutes, cette diablesse m'a causé. S'il avait pu voir ce que j'avais dans le cœur, mon pauvre Sylvinet, c'est du coup qu'il aurait été mangé par la jalousie. Car l'attache que j'avais pour Madelon ne faisait point de tort à mon frère, au lieu que si je devais rester seulement tout un jour affolé et enflambé comme je l'ai été pour un moment à côté de cette Fadette, j'en deviendrais insensé et je ne connaîtrais plus qu'elle dans le monde.

Et Landry se sentait comme étouffé de honte, de fatigue et d'impatience. Il s'asseyait sur la crèche de ses bœufs, et avait peur que la charmeuse ne lui eût ôté le courage, la raison et la santé.

Mais, quand le jour fut un peu grand et que les laboureurs de la Priche furent levés, ils se mirent à le plaisanter sur sa danse avec le vilain grelet, et ils la firent si laide, si mal élevée, si mal attifée dans leurs moqueries, qu'il ne savait où se cacher, tant il avait honte, non-seulement de ce qu'on avait vu,

mais de ce qu'il se gardait bien de faire
connaître.

Il ne se fâcha pourtant point, parce que les
gens de la Priche étaient tous ses amis et ne
mettaient point de mauvaise intention dans
leurs taquineries. Il eut même le courage de
leur dire que la petite Fadette n'était pas ce
qu'on croyait, qu'elle en valait bien d'autres,
et qu'elle était capable de rendre de grands
services. Là-dessus, on le railla encore.

— Sa mère, je ne dis pas, firent-ils ; mais
elle, c'est un enfant qui ne sait rien, et si tu
as une bête malade, je ne te conseille pas de
suivre ses remèdes, car c'est une petite
bavarde qui n'a pas le moindre secret pour
guérir. Mais elle a celui d'endormir les gars,
à ce qu'il paraît, puisque tu ne l'as guère
quittée à la Saint-Andoche, et tu feras bien
d'y prendre garde, mon pauvre Landry ; car
on t'appellerait bientôt le grelet de la grelette, et le follet de la Fadette. Le diable se
mettrait après toi. Georgeon viendrait tirer
nos draps de lit et boucler le crin de notre
chevaline. Nous serions obligés de te faire
exorciser.

— Je crois bien, disait la petite Solange,
qu'il aura mis un de ses bas à l'envers hier
matin. Ça attire les sorciers, et la petite
Fadette s'en est bien aperçue.

XXI

Sur le jour, Landry, étant occupé à la cou-
vraille, vit passer la petite Fadette. Elle marchait vite et allait du côté d'une taille où
Madelon faisait de la feuille pour ses moutons. C'était l'heure de délier les bœufs,
parce qu'ils avaient fait leur demi-journée ;
et Landry, en les reconduisant au pacage,
regardait toujours courir la petite Fadette,
qui marchait si légère qu'on ne la voyait
point fouler l'herbe. Il était curieux de savoir
ce qu'elle allait dire à Madelon, et, au lieu de
se presser d'aller manger sa soupe, qui
l'attendait dans le sillon encore chaud du fer
de la charrue, il s'en alla doucement le long
de la taille, pour écouter ce que tramaient
ensemble ces deux jeunesses. Il ne pouvait
les voir, et, comme Madelon marmottait des
réponses d'une voix sourde, il ne savait point
ce qu'elle disait ; mais la voix de la petite
Fadette, pour être douce, n'en était pas
moins claire, et il ne perdait pas une de ses
paroles, encore qu'elle ne criât point du tout.
Elle parlait de lui à la Madelon, et elle lui

faisait connaître ainsi qu'elle l'avait promis à Landry, la parole qu'elle lui avait prise, dix mois auparavant, d'être à commandement pour une chose dont elle le requerrait à son plaisir. Et elle expliquait cela si humblement et si gentillement que c'était plaisir de l'entendre. Et puis, sans parler du follet ni de la peur que Landry en avait eue, elle conta qu'il avait manqué de se noyer en prenant à faux le gué des Roulettes, la veille de Saint-Andoche. Enfin, elle exposa du bon côté tout ce qui en était, et elle démontra que tout le mal venait de la fantaisie et de la vanité qu'elle avait eues de danser avec un grand gars, elle qui n'avait jamais dansé qu'avec les petits.

Là-dessus, la Madelon, comme écolérée, éleva la voix pour dire : — Qu'est-ce que me fait tout cela ? Dans toute ta vie avec les bessons de la Bessonnière, et ne crois pas, grelet, que tu me fasses le moindre tort, ni la moindre envie.

Et la Fadette reprit : — Ne dites pas des paroles si dures pour le pauvre Landry, Madelon, car Landry vous a donné son cœur, et si vous ne voulez le prendre, il en aura plus de chagrin que je ne saurais dire. — Et pourtant elle le dit, et en de jolies paroles, avec un ton si caressant et en donnant à Landry de telles louanges, qu'il aurait voulu retenir toutes ses façons de parler pour s'en servir à l'occasion, et qu'il rougissait d'aise en s'entendant approuver de la sorte.

La Madelon s'étonna aussi pour sa part du

joli parler de la petite Fadette ; mais elle la
dédaignait trop pour le lui témoigner. — Tu
as une belle jappe et une fière hardiesse, lui
dit-elle, et on dirait que ta grand'mère t'a fait
une leçon pour essayer d'enjôler le monde ;
mais je n'aime pas à causer avec les sor-
cières, ça porte malheur, et je te prie de me
laisser, grelet cornu. Tu as trouvé un galant,
garde-le, ma mignonne, car c'est le premier
et le dernier qui aura fantaisie pour ton
vilain museau. Quant à moi, je ne voudrais
pas de ton reste, quand même ça serait le fils
du roi. Ton Landry n'est qu'un sot, et il faut
qu'il soit bien peu de chose, puisque, croyant
me l'avoir enlevé, tu viens me prier déjà de le
reprendre. Voilà un beau galant pour moi,
dont la petite Fadette elle-même ne se soucie
point !

   — Si c'est là ce qui vous blesse, répondit
la Fadette d'un ton qui alla jusqu'au fin fond
du cœur de Landry, et si vous êtes fière à ce
point de ne vouloir être juste qu'après
m'avoir humiliée, contentez-vous donc, et
mettez sous vos pieds, belle Madelon,
l'orgueil et le courage du pauvre grelet des
champs. Vous croyez que je dédaigne Landry et que, sans cela, je ne vous prierais pas
de lui pardonner. Eh bien, sachez, si cela
vous plaît, que je l'aime depuis longtemps
déjà : que c'est le seul garçon auquel j'aie
jamais pensé, et peut-être celui à qui je pen-
serai toute ma vie, mais que je suis trop
raisonnable et trop fière aussi pour jamais
penser à m'en faire aimer. Je sais ce qu'il est,
et je sais ce que je suis. Il est beau, riche et

considéré ; je suis laide, pauvre et méprisée.
Je sais donc très-bien qu'il n'est point pour
moi, et vous avez dû voir comme il me dédaignait à la fête. Alors, soyez donc satisfaite,
puisque celui que la petite Fadette n'ose pas
seulement regarder vous voit avec des yeux
remplis d'amour. Punissez la petite Fadette
en vous moquant d'elle et en lui reprenant
celui qu'elle n'oserait vous disputer. Que si
ce n'est par amitié pour lui, ce soit au moins
pour punir mon insolence ; et promettez-
moi, quand il reviendra s'excuser auprès de
vous, de le bien recevoir et de lui donner un
peu de consolation.

Au lieu d'être apitoyée par tant de soumission et de dévouement, la Madelon se montra très-dure, et renvoya la petite Fadette en
lui disant toujours que Landry était bien ce
qu'il lui fallait, et que, quant à elle, elle le
trouvait trop enfant et trop sot. Mais le
grand sacrifice que la Fadette avait fait
d'elle-même porta son fruit, en dépit des
rebuffades de la belle Madelon. Les femmes
ont le cœur fait en cette mode, qu'un jeune
gars commence à leur paraître un homme
sitôt qu'elles le voient estimé et choyé par
d'autres femmes. La Madelon, qui n'avait
jamais pensé bien sérieusement à Landry, se
mit à y penser beaucoup, aussitôt qu'elle eut
renvoyé la Fadette. Elle se remémora tout ce
que cette belle parleuse lui avait dit de
l'amour de Landry, et en songeant que la
Fadette en était éprise au point d'oser le lui
avouer, elle se glorifia de pourvoir tirer vengeance de cette pauvre fille.

Elle alla, le soir, à la Priche, dont sa demeurance n'était éloignée que de deux ou trois portées de fusil, et, sous couleur de chercher une de ses bêtes qui s'était mêlée aux champs, avec celle de son oncle, elle se fit voir à Landry, et de l'œil, l'encouragea à s'approcher d'elle pour lui parler.

Landry s'en aperçut très-bien ; car, depuis que la petite Fadette s'en mêlait, il était singulièrement dégourdi d'esprit. — La Fadette est sorcière, pensa-t-il ; elle m'a rendu les bonnes grâces de Madelon, et elle a plus fait pour moi, dans une causette d'un quart d'heure, que je n'aurais su faire dans une année. Elle a un esprit merveilleux et un cœur comme le bon Dieu n'en fait pas souvent.

Et, en pensant à cela, il regardait Madelon, mais si tranquillement qu'elle se retira sans qu'il se fût encore décidé de lui parler. Ce n'est point qu'il fût honteux devant elle ; sa honte s'était envolée sans qu'il sût comment, mais, avec la honte, le plaisir qu'il avait eu à la voir, et aussi l'envie qu'il avait eue de s'en faire aimer.

A peine eut-il soupé qu'il fit mine d'aller dormir. Mais il sortit de son lit par la ruelle, glissa le long des murs et s'en fut droit au gué des Roulettes. Le feu follet y faisait encore sa petite danse ce soir-là. Du plus loin qu'il le vit sautiller, Landry pensa : C'est tant mieux, voilà le fadet, la Fadette n'est pas loin. Et il passa le gué sans avoir peur, sans se tromper, et il alla jusqu'à la maison de la mère Fadet, furetant et regardant de tous

côtés... Mais il y resta un bon moment sans
voir de lumière et sans entendre aucun bruit.
Tout le monde était couché. Il espéra que le
grelet, qui sortait souvent le soir après que sa
grand'mère et son sauteriot étaient endor-
mis, vaguerait quelque part aux environs. Il
se mit à vaguer de son côté. Il traversa la
Joncière, il alla à la carrière du Chamois,
sifflant et chantant pour se faire remarquer ;
mais il ne rencontra que le blaireau qui
fuyait dans les chaumes, et la chouette qui
sifflait sur son arbre. Force lui fut de rentrer
sans avoir pu remercier la bonne amie qui
l'avait si bien servi.

XXII

Toute la semaine se passa sans que Landry pût rencontrer la Fadette, de quoi il était bien étonné et bien soucieux. — Elle va croire encore que je suis ingrat, pensait-il, et pourtant, si je ne la vois point, ce n'est pas faute de l'attendre et de la chercher. Il faut que je lui aie fait de la peine en l'embrassant quasi malgré elle dans la carrière, et pourtant ce n'était pas à mauvaise intention, ni dans l'idée de l'offenser.

Et il songea durant cette semaine plus qu'il n'avait songé dans toute sa vie ; il ne voyait pas clairement dans sa propre cervelle, mais il était pensif et agité, et il était obligé de se forcer pour travailler ; car, ni les grands bœufs, ni la charrue reluisante, ni la belle terre rouge, humide de la fine pluie d'automne, ne suffisaient plus à ses contemplations et à ses rêvasseries.

Il alla voir son besson le jeudi soir, et il le trouva soucieux comme lui. Sylvinet était un caractère différent du sien, mais pareil quelquefois par le contre-coup. On aurait dit qu'il devinait que quelque chose avait troublé la tranquillité de son frère, et pourtant il était loin de se douter de ce que ce pouvait être. Il lui demanda s'il avait fait la paix avec Madelon, et, pour la première fois, en lui disant que oui, Landry lui fit volontairement un mensonge. Le fait est que Landry n'avait pas dit un mot à Madelon, et qu'il pensait avoir le temps de le lui dire ; rien ne le pressait.

Enfin vint le dimanche, et Landry arriva des premiers à la messe. Il entra avant quelle fût sonnée, sachant que la petite Fadette avait coutume d'y venir dans ce moment-là, parce qu'elle faisait toujours de longues prières, dont un chacun se moquait. Il vit une petite, agenouillée dans la chapelle de la sainte Vierge, et qui, tournant le dos, cachait sa figure dans ses mains pour prier avec recueillement. C'était bien la posture de la petite Fadette, mais ce n'était ni son coiffage, ni sa tournure, et Landry ressortit pour voir s'il ne la trouverait point sous le porche, qu'on appelle chez nous une guenillière, à cause que les gredots peille-roux, qui sont mendiants loqueteux, s'y tiennent pendant les offices.

Les guenilles de la Fadette furent les seules qu'il n'y vit point, il entendit la messe sans l'apercevoir, et ce ne fut qu'à la préface que, regardant encore cette fille qui priait si dévotement dans la chapelle, il lui vit lever la tête et reconnut son grelet, dans un habillement et un air tout nouveaux pour lui. C'était bien toujours son pauvre dressage,

son jupon de droguet, son devanteau rouge
et sa coiffe de linge sans dentelle ; mais elle
avait reblanchi, recoupé et recousu tout cela
dans le courant de la semaine. Sa robe était
plus longue et tombait plus convenablement
sur ses bas, qui étaient bien blancs, ainsi que
sa coiffe, laquelle avait pris la forme nouvelle et s'attachait gentillement sur ses cheveux noirs bien lissés ; son fichu était neuf et
d'une jolie couleur jaune doux qui faisait
valoir sa peau brune. Elle avait aussi ral-
longé son corsage, et, au lieu d'avoir l'air
d'une pièce de bois habillée, elle avait la
taille fine et ployante comme le corps d'une
belle mouche à miel. De plus, je ne sais pas
avec quelle mixture de fleurs ou d'herbes elle
avait lavé pendant huit jours son visage et
ses mains, mais sa figure pâle et ses mains
mignonnes avaient l'air aussi net et aussi
doux que la blanche épine du printemps.

Landry, la voyant si changée, laissa tomber son livre d'heures, et, au bruit qu'il fit, la
petite Fadette se retourna tout à fait et le
regarda, tout en même temps qu'il la regardait. Et elle devint un peu rouge, pas plus
que la petite rose des buissons ; mais cela la
fit paraître quasi belle, d'autant plus que ses
yeux noirs, auxquels jamais personne n'avait
pu trouver à redire, laissèrent échapper un
feu si clair qu'elle en parut transfigurée. Et
Landry pensa encore : Elle est sorcière ; elle
a voulu devenir belle de laide qu'elle était, et
la voilà belle par miracle. Il en fut comme
transi de peur, et sa peur ne l'empêchait
pourtant point d'avoir une telle envie de

s'approcher d'elle et de lui parler, que jusqu'à la fin de la messe, le cœur lui en sauta d'impatience.

Mais elle ne le regarda plus, et, au lieu de se mettre à courir et à folâtrer avec les enfants après sa prière, elle s'en alla si discrètement qu'on eut à peine le temps de la voir si changée et si amendée. Landry n'osa point la suivre, d'autant que Sylvinet ne le quittait point de yeux ; mais, au bout d'une heure, il réussit à s'échapper, et, cette fois, le cœur le poussant et le dirigeant, il trouva la petite Fadette qui gardait sagement ses bêtes dans le petit chemin creux qu'on appelle la *Traîne-au-Gendarme*, parce qu'un gendarme du roi y a été tué par les gens de la Cosse, dans les anciens temps, lorsqu'on voulait forcer le pauvre monde à payer la taille et à faire la corvée, contrairement aux termes de la loi, qui était déjà bien assez dure, telle qu'on l'avait donnée.

XXIII

Comme c'était dimanche, la petite Fadette
ne cousait ni ne filait en gardant ses ouailles.
Elle s'occupait à un amusement tranquille
que les enfants de chez nous prennent quelquefois bien sérieusement. Elle cherchait le
trèfle à quatre feuilles, qui se trouve bien
rarement et qui porte bonheur à ceux qui
peuvent mettre la main dessus.

— L'as-tu trouvé, Fanchon ? lui dit Landry aussitôt qu'il fut à côté d'elle.

— Je l'ai trouvé souvent, répondit-elle ;
mais cela ne porte point bonheur comme on
croit, et rien ne me sert d'en avoir trois brins
dans mon livre.

Landry s'assit auprès d'elle, comme s'il
allait se mettre à causer. Mais voilà que tout
d'un coup il se sentit plus honteux qu'il ne
l'avait jamais été auprès de Madelon et que,
pour avoir eu intention de dire bien des
choses, il ne put trouver un mot.

La petite Fadette prit honte aussi, car si le
besson ne lui disait rien, du moins il la regardait avec des yeux étranges. Enfin, elle lui

demanda pourquoi il paraissait étonné en la
regardant.

— A moins, dit-elle, que ce ne soit à cause
que j'ai arrangé mon coiffage. En cela j'ai
suivi ton conseil, et j'ai pensé que, pour avoir
l'air raisonnable, il fallait commencer par
m'habiller raisonnablement. Aussi, je n'ose
pas me montrer, car j'ai peur qu'on ne m'en
fasse encore reproche, et qu'on ne dise que
j'ai voulu me rendre moins laide sans y réussir.

— On dira ce qu'on voudra, dit Landry,
mais je ne sais pas ce que tu as fait pour
devenir jolie ; la vérité est que tu l'es
aujourd'hui, et qu'il faudrait se crever les
yeux pour ne point le voir.

— Ne te moque pas, Landry, reprit la
petite Fadette. On dit que la beauté tourne la
tête aux belles, et que la laideur fait la désolation des laides. Je m'étais habituée à faire
peur, et je ne voudrais pas devenir sotte en
croyant faire plaisir. Mais ce n'est pas de
cela que tu venais me parler, et j'attends que
tu me dises si la Madelon t'a pardonné.

— Je ne viens pas pour te parler de la
Madelon. Si elle m'a pardonné, je n'en sais
rien et ne m'en informe point. Seulement, je
sais que tu lui as parlé, et si bien parlé que je
t'en dois grand remerciement.

— Comment sais-tu que je lui ai parlé ?
Elle te l'a donc dit ? En ce cas, vous avez fait
la paix ?

— Nous n'avons point fait la paix ; nous
ne nous aimions pas assez, elle et moi, pour
être en guerre. Je sais que tu lui as parlé,

parce qu'elle l'a dit à quelqu'un qui me l'a rapporté.

La petite Fadette rougit beaucoup, ce qui l'embellit encore, car jamais jusqu'à ce jour-là elle n'avait eu sur les joues cette honnête couleur de crainte et de plaisir qui enjolive les plus laides ; mais, en même temps, elle s'inquiéta en songeant que la Madelon avait dû répéter ses paroles, et la donner en risée pour l'amour dont elle s'était confessée au sujet de Landry.

— Qu'est-ce que la Madelon a donc dit de moi ? demanda-t-elle.

— Elle a dit que j'étais un grand sot, qui ne plaisait à aucune fille, pas même à la petite Fadette ; que la petite Fadette me méprisait, me fuyait, s'était cachée toute la semaine pour ne me point voir, quoique, toute la semaine, j'eusse cherché et couru de tous côtés pour rencontrer la petite Fadette. C'est donc moi qui suis la risée du monde, Fanchon, parce que l'on sait que je t'aime et que tu ne m'aimes point.

— Voilà de méchants propos, répondit la Fadette tout étonnée, car elle n'était pas assez sorcière pour deviner que dans ce moment-là Landry était plus fin qu'elle ; je ne croyais pas la Madelon si menteuse et si perfide. Mais il faut lui pardonner cela, Landry, car c'est le dépit qui la fait parler, et le dépit c'est l'amour.

— Peut-être, bien, dit Landry, c'est pourquoi tu n'as point de dépit contre moi, Fanchon. Tu me pardonnes tout, parce que, de moi, tu méprises tout.

— Je n'ai point mérité que tu me dises cela, Landry ; non, vrai, je ne l'ai pas mérité. Je n'ai jamais été assez folle pour dire la menterie qu'on me prête. J'ai parlé autrement à Madelon. Ce que je lui ai dit n'était que pour elle, mais ne pouvait te nuire, et aurait dû, bien au contraire, lui prouver l'estime que je faisais de toi.

— Écoute, Fanchon, dit Landry, ne disputons pas sur ce que tu as dit, ou sur ce que tu n'as point dit. Je veux te consulter, toi qui es savante. Dimanche dernier, dans la carrière, j'ai pris pour toi, sans savoir comment cela m'est venu, une amitié si forte que de toute la semaine je n'ai mangé ni dormi mon saoûl. Je ne veux rien te cacher, parce qu'avec une fille aussi fine que toi, ça serait peine perdue. J'avoue donc que j'ai eu honte de mon amitié le lundi matin, et j'aurais voulu m'en aller bien loin pour ne plus retomber dans cette folleté. Mais lundi soir, j'y étais déjà retombé si bien, que j'ai passé le gué à la nuit sans m'inquiéter du follet, qui aurait voulu m'empêcher de te chercher, car il était encore là, et quand il m'a fait sa méchante risée, je la lui ai rendue. Depuis lundi, tous les matins, je suis comme imbécile, parce que l'on me plaisante sur mon goût pour toi ; et, tous les soirs, je suis comme fou, parce que je sens mon goût plus fort que la mauvaise honte. Et voilà qu'aujourd'hui je te vois gentille et de si sage apparence que tout le monde va s'en étonner aussi, et qu'avant quinze jours, si tu conti-nues comme cela, non-seulement on me pardonnera d'être amoureux de toi, mais encore il y en aura d'autres qui le seront bien fort. Je n'aurais donc pas de mérite à t'aimer ; tu ne me devras guère de préférence. Pourtant, si tu te souviens de dimanche dernier, jour de la Saint-Andoche, tu te souviendras aussi que je t'ai demandé, dans la carrière, la permission de t'embrasser, et que je l'ai fait avec autant de cœur que si tu n'avais pas été réputée laide et haïssable. Voilà tout mon droit, Fadette. Dis-moi si cela peut compter, et si la chose te fâche au lieu de te persuader.

La petite Fadette avait mis sa figure dans ses deux mains, et elle ne répondit point. Landry croyait par ce qu'il avait entendu de son discours à la Madelon, qu'il était aimé d'elle, et il faut dire que cet amour-là lui avait fait tant d'effet qu'il avait commandé tout d'un coup le sien. Mais, en voyant la pose honteuse et triste de cette petite, il commença à craindre qu'elle n'eût fait un conte à la Madelon, pour, par bonne intention, faire réussir le raccommodement qu'elle négociait. Cela le rendit encore plus amoureux, et il en prit du chagrin. Il lui ôta ses mains du visage, et la vit si pâle qu'on eût dit qu'elle allait mourir ; et, comme il lui reprochait vivement de ne pas répondre à l'affolement qu'il se sentait pour elle, elle se laissa aller sur la terre, joignant ses mains et soupirant, car elle était suffoquée et tombait en faiblesse.

XXIV

Landry eut bien peur, et lui frappa dans
les mains pour la faire revenir. Ses mains
étaient froides comme des glaçons et raides
comme du bois. Il les échauffa et les frotta
bien longtemps dans les siennes, et quand
elle put retrouver la parole, elle lui dit :

— Je crois que tu te fais un jeu de moi,
Landry. Il y a des choses dont il ne faut
pourtant point plaisanter. Je te prie donc de
me laisser tranquille et de ne me parler
jamais, à moins que tu n'aies quelque chose
à me demander, auquel cas je serai toujours
à ton service.

— Fadette, Fadette, dit Landry, ce que
vous dites là n'est point bon. C'est vous qui
vous êtes jouée de moi. Vous me détestez, et
pourtant vous m'avez fait croire autre chose.

— Moi ! dit-elle tout affligée. Qu'est-ce
que je vous ai donc fait accroire ? Je vous ai
offert et donné une bonne amitié comme
celle que votre besson a pour vous, et peut-
être meilleure ; car, moi, je n'avais pas de
jalousie, et, au lieu de vous traverser dans
vos amours, je vous y ai servi.

— C'est la vérité, dit Landry. Tu as été bonne comme le Bon Dieu, et c'est moi qui ai tort de te faire des reproches. Pardonne-moi, Fanchon, et laisse-moi t'aimer comme je pourrai. Ce ne sera peut-être pas aussi tranquillement que j'aime mon besson ou ma sœur Nanette, mais je te promets de ne plus chercher à t'embrasser si cela te répugne.

Et, faisant retour sui lui-même, Landry s'imagine qu'en effet la petite Fadette n'avait pour lui que de l'amitié bien tranquillé ; et, parce qu'il n'était ni vain ni fanfaron, il se trouva aussi craintif et aussi peu avancé auprès d'elle que s'il n'eût point entendu de ses deux oreilles ce qu'elle avait dit de lui à la belle Madelon.

Quant à la petite Fadette, elle était assez fine pour connaître enfin que Landry était bel et bien amoureux comme un fou, et c'est pour le trop grand plaisir qu'elle en avait qu'elle s'était trouvée comme en pâmoison pendant un moment. Mais elle craignait de perdre trop vite un bonheur si vite gagné ; à cause de cette crainte, elle voulait donner à Landry le temps de souhaiter vivement son amour.

Il resta auprès d'elle jusqu'à la nuit, car, encore qu'il n'osât plus lui conter fleurette, il en était si épris et il prenait tant de plaisir à la voir et à l'écouter parler, qu'il ne pouvait se décider à la quitter un moment. Il joua avec le sauteriot, qui n'était jamais loin de sa sœur, et qui vint bientôt les rejoindre. Il se montra bon pour lui, et s'aperçut bientôt que ce pauvre petit, si maltraité par tout le monde, n'était ni sot ni méchant avec qui le traitait bien ; mêmement, au bout d'une heure, il était si bien apprivoisé et si reconnaissant qu'il embrassait les mains du besson et l'appelait mon Landry, comme il appelait sa sœur ma Fanchon ; et Landry était compassionné et attendri pour lui, trouvant tout le monde et lui-même dans le passé bien coupables envers les deux pauvres enfants de la mère Fadette, lesquels n'avaient besoin, pour être les meilleurs de tous, que d'être un peu aimés comme les autres.

Le lendemain et les jours suivants, Landry réussit à voir la petite Fadette, tantôt le soir, et alors il pouvait causer un peu avec elle, tantôt le jour, en la rencontrant dans la campagne : et encore qu'elle ne pût s'arrêter longtemps, ne voulant point et ne sachant point manquer à son devoir, il était content de lui avoir dit quatre ou cinq mots de tout son cœur et de l'avoir regardée de tous ses yeux. Et elle continuait à être gentille dans son parler, dans son habillement et dans ses manières avec tout le monde : ce qui fit que tout le monde y prit garde et que bientôt on changea de ton et de manières avec elle. Comme elle ne faisait plus rien qui ne fût à propos, on ne l'injuria plus, et, comme elle ne s'entendit plus injurier, elle n'eut plus tentation d'invectiver, ni de chagriner personne. Mais, comme l'opinion des gens ne tourne pas aussi vite que nos résolutions, il devait encore s'écouler du temps avant qu'on passât pour elle du mépris à l'estime et de l'aversion au bon vouloir. On vous dira plus tard comment se fit ce changement ; quant à présent, vous pouvez bien vous imaginer vous-même qu'on ne donna pas grosse part d'attention au rangement de la petite Fadette. Quatre ou cinq bons vieux et bonnes vieilles, de ceux qui regardent s'élever la jeunesse avec indulgence, et qui sont, dans un endroit, comme les pères et mères à tout le monde, devisaient quelquefois entre eux sous les noyers de la Cosse, en regardant tout ce petit ou jeune monde grouillant autour d'eux, ceux-ci jouant aux quilles, ceux-là dansant. Et les vieux disaient : — Celui-ci sera un beau soldat s'il continue, car il a le corps trop bon pour réussir à se faire exempter ; celui-là sera finet et entendu comme son père ; cet autre aura bien la sagesse et la tranquillité de sa mère ; voilà une jeune Lucette qui promet une bonne servante de ferme ; voici une grosse Louise qui plaira à plus d'un, et quant à cette Marion, laissez-la grandir, et la raison lui viendra bien comme aux autres.

Et, quand ce venait au tour de la petite Fadette à être examinée et jugée :

— La voilà qui s'en va bien vite, disait-on, sans vouloir chanter ni danser. On ne la voit plus depuis la Saint-Andoche. Il faut croire qu'elle a été grandement choquée de ce que les enfants d'ici l'ont décoiffée à la danse ; aussi a-t-elle changé son grand calot, et à présent on dirait qu'elle n'est pas plus vilaine qu'une autre.

— Avez-vous fait attention comme la peau
lui a blanchi depuis un peu de temps ? disait
une fois la mère Couturier. Elle avait la
figure comme un œuf de caille, à force
qu'elle était couverte de taches de rousseur ;
et la dernière fois que je l'ai vue de près, je
me suis étonnée de la trouver si blanche, et
mêmement si pâle que je lui ai demandé si
elle n'avait point eu la fièvre. A la voir
comme elle est maintenant, on dirait qu'elle
pourra se refaire ; et, qui sait ? il y en a eu de
laides qui devenaient belles en prenant dix-
sept ou dix-huit ans.

— Et puis la raison vient, dit le père Naubin, et une fille qui s'en ressent apprend à se
rendre élégante et agréable. Il est bien temps
que le grelet s'aperçoive qu'elle n'est point un
garçon. Mon Dieu, on pensait qu'elle tourne-
rait si mal que ça serait une honte pour
l'endroit. Mais elle se rangera et s'amendera
comme les autres. Elle sentira bien qu'elle
doit se faire pardonner d'avoir eu une mère
si blâmable, et vous verrez qu'elle ne fera
point parler d'elle.

— Dieu veuille, dit la mère Courtillet, car
c'est vilain qu'une fille ait l'air d'un chevau
échappé ; mais j'en espère aussi de cette
Fadette, car je l'ai rencontrée devant z'hier,
et au lieu qu'elle se mettait toujours derrière
moi à contrefaire ma boiterie, elle m'a dit
bonjour et demandé mon portement avec
beaucoup d'honnêteté.

— Cette petite-là dont vous parlez est plus
folle que méchante, dit le père Henri. Elle
n'a point mauvais cœur, c'est moi qui vous le

dis ; à preuve qu'elle a souvent gardé mes
petits enfants aux champs avec elle, par pure
complaisance, quand ma fille était malade ;
et elle les soignait très-bien, et ils ne la voulaient plus quitter.

— C'est-il vrai ce qu'on m'a raconté, reprit
la mère Couturier, qu'un des bessons au père
Barbeau s'en était affolé à la dernière Saint-
Andoche ?

— Allons donc ! répondit le père Naubin ;
il ne faut pas prendre ça au sérieux. C'était
une amusette d'enfants, et les Barbeau ne
sont point bêtes, les enfants pas plus que le
père ni la mère, entendez-vous ?

Ainsi devisait-on sur la petite Fadette, et le
plus souvent on n'y pensait mie, parce qu'on
ne le voyait presque plus.

XXV

Mais qui la voyait souvent et faisait grande attention à elle, c'était Landry Barbeau. Il en était comme enragé en lui-même, quand il ne pouvait lui parler à son aise ; mais sitôt qu'il se trouvait un moment avec elle, il était apaisé et content de lui, parce qu'elle lui enseignait la raison et le consolait de toutes ses idées. Elle jouait avec lui un petit jeu qui était peut-être entaché d'un peu de coquetterie ; du moins, il le pensait quelquefois ; mais comme son motif était l'honnêteté, et qu'elle ne voulait point de son amour, à moins qu'il n'eût bien tourné et retourné la chose dans son esprit, il n'avait point droit de s'en offenser. Elle ne pouvait pas le suspecter de la vouloir tromper sur la force de cet amour-là, car c'était une espèce d'amour comme on n'en voit pas souvent chez les gens de campagne, lesquels aiment plus patiemment que ceux des villes. Et justement Landry était un caractère patient plus que d'autres, jamais on n'aurait pu présager qu'il se laisserait brûler si fort à

la chandelle, et qui l'eût su (car il le cachait
bien) s'en fût grandement émerveillé. Mais
la petite Fadette, voyant qu'il s'était donné à
elle si entièrement et si subitement, avait
peur que ce ne fût feu de paille, ou bien
encore qu'elle-même prenant feu du mauvais côté, la chose n'allât plus loin entre eux
que l'honnêteté ne permet à deux enfants
qui ne sont point encore en âge d'être
mariés, du moins au dire des parents et de
la prudence : car l'amour n'attend guère, et,
quand une fois il s'est mis dans le sang de
deux jeunesses, c'est miracle s'il attend
l'approbation d'autrui.

Mais la petite Fadette, qui avait été dans
son apparence plus longtemps enfant
qu'une autre, possédait au dedans une raison et une volonté bien au-dessus de son
âge. Pour que cela fût, il fallait qu'elle eût
un esprit d'une fière force, car son cœur
était aussi ardent, et plus encore peut-être
que le cœur et le sang de Landry. Elle
l'aimait comme une folle, et pourtant elle se
conduisit avec une grande sagesse ; car si le
jour, la nuit, à toute heure de son temps,
elle pensait à lui et séchait d'impatience de
le voir et d'envie de le caresser, aussitôt
qu'elle le voyait elle prenait un air tranquille, lui parlait raison, feignait même de
ne point encore connaître le feu d'amour, et
ne lui permettait pas de lui serrer la main
plus haut que le poignet.

Et Landry, qui, dans les endroits retirés
où ils se trouvaient souvent ensemble, et
mêmement quand la nuit était bien noire,

aurait pu s'oublier jusqu'à ne plus se soumettre à elle, tant il était ensorcelé, craignait pourtant si fort de lui déplaire, et se
tenait pour si peu certain d'être aimé
d'amour, qu'il vivait aussi innocemment
avec elle que si elle eût été sa sœur, et lui
Jeannet, le petit sauteriot.

Pour le distraire de l'idée qu'elle ne voulait point encourager, elle l'instruisait dans
les choses qu'elle savait, et dans lesquelles
son esprit et son talent naturel avaient sur-
passé l'enseignement de sa grand'mère. Elle
ne voulait faire mystère de rien à Landry, et
comme il avait toujours un peu peur de la
sorcellerie, elle mit tous ses soins à lui faire
comprendre que le diable n'était pour rien
dans les secrets de son savoir.

— Va, Landry, lui dit-elle un jour, tu n'as
que faire de l'intervention du mauvais
esprit. Il n'y a qu'un esprit et il est bon, car
c'est celui de Dieu. Lucifer est de l'invention
de M. le curé, et Georgeon de l'invention des
vieilles commères de campagne. Quand
j'étais toute petite, j'y croyais, et j'avais peur
des maléfices de ma grand'mère. Mais elle
se moquait de moi, car l'on a bien raison de
dire que si quelqu'un doute de tout, c'est
celui qui fait tout croire aux autres, et que
personne ne croit moins à Satan que les
sorciers qui feignent de l'invoquer à tout
propos. Ils savent bien qu'ils ne l'ont jamais
vu et qu'ils n'ont jamais reçu de lui aucune
assistance. Ceux qui ont été assez simples
pour y croire et pour l'appeler n'ont jamais
pu le faire venir, à preuve le meunier de la

Passe-aux-Chiens, qui, comme ma grand'mère me l'a raconté, s'en allait aux quatre chemins avec une grosse trique, pour appeler le diable, et lui donner, disait-il, une bonne vannée. Et on l'entendait crier dans la nuit : Viendras-tu, figure de loup ? Viendras-tu, chien enragé ? Viendras-tu, Georgeon du diable ? Et jamais Georgeon ne vint. Si bien que ce meunier en était devenu quasi fou de vanité, disant que le diable avait peur de lui.

— Mais, disait Landry, ce que tu crois là, que le diable n'existe point, n'est pas déjà trop chrétien, ma petite Fanchon.

— Je ne peux pas disputer là-dessus, répondit-elle ; mais s'il existe, je suis bien assurée qu'il n'a aucun pouvoir pour venir sur la terre nous abuser et nous demander notre âme pour la retirer du bon Dieu. Il n'aurait pas tant d'insolence, et, puisque la terre est au bon Dieu, il n'y a que le bon Dieu qui puisse gouverner les choses et les hommes qui s'y trouvent.

Et Landry, revenu de sa folle peur, ne pouvait pas s'empêcher d'admirer combien, dans toutes ses idées et dans toutes ses prières, la petite Fadette était bonne chrétienne. Mêmement elle avait une dévotion plus jolie que celle des autres. Elle aimait Dieu avec tout le feu de son cœur, car elle avait en toutes choses la tête vive et le cœur tendre ; et quand elle parlait de cet amour-là à Landry, il se sentait tout étonné d'avoir été enseigné à dire des prières et à suivre des pratiques qu'il n'avait jamais

pensé à comprendre, et où il se portait res-
pectueusement de sa personne par l'idée de
son devoir, sans que son cœur se fût jamais
échauffé d'amour pour son Créateur,
comme celui de la petite Fadette.

XXVI

Tout en devisant et marchant avec elle, il
apprit la propriété des herbes et toutes les
recettes pour la guérison des personnes et
des bêtes, il essaya bientôt l'effet des der-
nières sur une vache au père Caillaud, qui
avait pris l'enflure pour avoir trop mangé de
vert ; et, comme le vétérinaire l'avait abandonnée, disant qu'elle n'en avait pas pour
une heure, il lui fit boire un breuvage que la
petite Fadette lui avait appris à composer. Il
le fit secrèrement ; et, au matin, comme les
laboureurs, bien contrariés de la perte d'une
si belle vache, venaient la chercher pour la
jeter dans un trou, ils la trouvèrent debout et
commençant à flairer la nourriture, ayant
bon œil, et quasiment toute désenflée. Une
autre fois, un poulain fut mordu de la vipère,
et Landry, suivant toujours les enseigne-
ments de la petite Fadette, le sauva bien
lestement. Enfin, il put essayer aussi le
remède contre la rage sur un chien de la
Priche, qui fut guéri et ne mordit personne.
Comme Landry cachait de son mieux ses

accointances avec la petite Fadette, il ne se
vanta pas de sa science, et on n'attribua la
guérison de ses bêtes qu'aux grands soins
qu'il leur avait donnés. Mais le père Caillaud,
qui s'y entendait aussi, comme tout bon fer-
mier ou métayer doit le faire, s'étonna en
lui-même, et dit :

— Le père Barbeau n'a pas de talent pour
le bestiau, et mêmement il n'a point de bonheur ; car il en a beaucoup perdu l'an dernier, et ce n'était pas la première fois. Mais
Landry y a la main très-heureuse, et c'est
une chose avec laquelle on vient au monde.
On l'a ou on ne l'a pas ; et, quand même on
irait étudier dans les écoles comme les
artistes, cela ne sert de rien si on n'y est
adroit de naissance. Or je vous dis que Landry est adroit, et que son idée lui fait trouver
ce qui convient. C'est un grand don de la
nature qu'il a reçu, et ça lui vaudra mieux
que du capital pour bien conduire une
ferme.

Ce que disait là le père Caillaud n'était pas
d'un homme crédule et sans raison, seulement il se trompait en attribuant un don de
nature à Landry, Landry n'en avait pas
d'autre que celui d'être soigneux et entendu
à appliquer les recettes de son enseignement.
Mais le don de nature n'est point une fable,
puisque la petite Fadette l'avait, et qu'avec si
peu de leçons raisonnables que sa
grand'mère lui avait données, elle découvrait
et devinait comme qui invente, les vertus que
le bon Dieu a mises dans certaines herbes et
dans certaines manières de les employer.

Elle n'était point sorcière pour cela, elle avait
raison de s'en défendre ; mais elle avait
l'esprit qui observe, qui fait des comparaisons, des remarques, des essais ; et cela c'est
un don de nature, on ne peut pas le nier. Le
père Caillaud poussait la chose un peu plus
loin. Il pensait que tel bouvier ou tel labou-
reur a la main plus ou moins bonne, et que,
par la seule vertu de sa présence dans
l'étable, il fait du bien ou du mal aux animaux. Et pourtant comme il y a toujours un
peu de vrai dans les plus fausses croyances,
on doit accorder que les bons soins, la pro-
preté, l'ouvrage fait en conscience, ont une
vertu pour amener à bien ce que la négli-
gence ou la bêtise font empirer.

Comme Landry avait toujours mis son
idée et son goût dans ces choses-là, l'amitié
qu'il avait conçue pour la Fadette s'aug-
menta de toute la reconnaissance qu'il lui
dut pour son instruction et de toute l'estime
qu'il faisait du talent de cette jeune fille. Il lui
sut alors grand gré de l'avoir forcé à se distraire de l'amour dans les promenades et les
entretiens qu'il faisait avec elle, et il
reconnut aussi qu'elle avait pris plus à cœur
l'intérêt et l'utilité de son amoureux, que le
plaisir de se laisser courtiser et flatter sans
cesse comme il l'eût souhaité d'abord.

Landry fut bientôt si épris qu'il avait mis
tout à fait sous ses pieds la honte de laisser
paraître son amour pour une petite fille
réputée laide, mauvaise et mal élevée. S'il y
mettait de la précaution, c'était à cause de
son besson, dont il connaissait la jalousie et

qui avait eu déjà un grand effort à faire pour
accepter sans dépit l'amourette que Landry
avait eue pour Madelon, amourette bien
petite et bien tranquille au prix de ce qu'il
sentait maintenant pour Fanchon Fadet.

Mais, si Landry était trop animé dans son
amour pour y mettre de la prudence, en
revanche, la petite Fadette, qui avait un
esprit porté au mystère, et qui, d'ailleurs, ne
voulait pas mettre Landry trop à l'épreuve
des taquineries du monde, la petite Fadette,
qui, en fin de compte, l'aimait trop pour
consentir à lui causer des peines dans sa
famille, exigea de lui un si grand secret qu'ils
passèrent environ un an avant que la chose
se découvrît. Landry avait habitué Sylvinet à
ne plus surveiller tous ses pas et démarches,
et le pays, qui n'est guère peuplé et qui est
tout coupé de ravins et tout couvert d'arbres,
est bien propice aux secrètes amours.

Sylvinet, voyant que Landry ne s'occupait
plus de la Madelon, quoiqu'il eût accepté
d'abord ce partage de son amitié comme un
mal nécessaire rendu plus doux par la honte
de Landry et la prudence de cette fille, se
réjouit bien de penser que Landry n'était pas
pressé de lui retirer son cœur pour le donner
à une femme, et, la jalousie le quittant, il le
laissa plus libre de ses occupations et de ses
courses, les jours de fêtes et de repos. Landry
ne manquait pas de prétexte pour aller et
venir, et, le dimanche soir surtout, il quittait
la Bessonnière de bonne heure et ne rentrait
à la Priche que sur le minuit ; ce qui lui était
bien commode, parce qu'il s'était fait donner

un petit lit dans le capharnion. Vous me reprendrez peut-être sur ce mot-là, parce que le maître d'école s'en fâche et veut qu'on dise *capharnaüm* ; mais, s'il connaît le mot, il ne connaît point la chose, car j'ai été obligé de lui apprendre que c'était l'endroit de la grange voisin des étables, où l'on serre les jougs, les chaînes, les ferrages et épelettes de toute espèce qui servent aux bêtes de labour et aux instruments du travail de la terre. De cette manière, Landry pouvait rentrer à l'heure qu'il voulait sans réveiller personne, et il avait toujours son dimanche à lui jusqu'au lundi matin, pour ce que le père Caillaud et son fils aîné, qui tous deux étaient des hommes très sages, n'allant jamais dans les cabarets et ne faisant point noce de tous les jours fériés, avaient coutume de prendre sur eux tout le soin et toute la surveillance de la ferme ces jours-là ; afin, disaient-ils, que toute la jeunesse de la maison, qui travaillait plus qu'eux dans la semaine, pût s'ébattre et se divertir en liberté, selon l'ordonnance du bon Dieu.

Et durant l'hiver, où les nuits sont si froides qu'on pourrait difficilement causer d'amour en pleins champs, il y avait pour Landry et la petite Fadette un bon refuge dans la tour à Jacot, qui est un ancien colombier de redevance, abandonné des pigeons depuis longues années, mais qui est bien couvert et bien fermé, et qui dépend de la ferme au père Caillaud. Mêmement il s'en servait pour y serrer le surplus de ses denrées, et comme Landry en avait la clef, et qu'il est situé sur les confins des terres de la Priche, non loin du gué des Roulettes, et dans le milieu d'une luzernière bien close, le diable eût été fin s'il eût été surprendre là les entretiens de ces deux jeunes amoureux. Quand le temps était doux, ils allaient parmi les tailles, qui sont jeunes bois de coupe, et dont le pays est tout parsemé. Ce sont encore de bonnes retraites pour les voleurs et les amants, et comme de voleurs il n'en est point dans notre pays, les amants en profitent, et n'y trouvent pas plus la peur que l'ennui.

XXVII

Mais, comme il n'est secret qui puisse durer, voilà qu'un beau jour de dimanche, Sylvinet, passant le long du mur du cimetière, entendit la voix de son besson qui parlait à deux pas de lui, derrière le retour que faisait le mur. Landry parlait bien doucement : mais Sylvinet connaissait si bien sa parole, qu'il l'aurait devinée, quand même il ne l'aurait pas entendue.

— Pourquoi ne veux-tu pas venir danser ? disait-il à une personne que Sylvinet ne voyait point. Il y a si longtemps qu'on ne t'a point vue t'arrêter après la messe, qu'on ne trouverait pas mauvais que je te fasse danser, moi qui suis censé ne plus quasiment te connaître. On ne dirait pas que c'est par amour, mais par honnêteté, et parce que je suis curieux de savoir si après tant de temps tu sais encore bien danser.

— Non, Landry, non, — répondit une voix que Sylvinet ne reconnut point, parce qu'il y avait longtemps qu'il ne l'avait entendue, la petite Fadette s'étant tenue à l'écart de tout

le monde, et de lui particulièrement. — Non,
disait-elle, il ne faut point qu'on fasse attention à moi, ce sera le mieux, et si tu me
faisais danser une fois, tu voudrais
recommencer tous les dimanches, et il n'en
faudrait pas tant pour faire causer. Crois ce
que je t'ai toujours dit, Landry, que le jour
où l'on saura que tu m'aimes sera le
commencement de nos peines. Laisse-moi
m'en aller, et quand tu auras passé une partie du jour avec ta famille et ton besson, tu
viendras me rejoindre où nous sommes
convenus.

— C'est pourtant triste de ne jamais danser ! dit Landry ; tu aimais tant la danse,
mignonne, et tu dansais si bien ! Quel plaisir
ça me serait de te tenir par la main et de te
faire tourner dans mes bras, et de te voir, si
légère et si gentille, ne danser qu'avec moi !

— Et c'est justement ce qu'il ne faudrait
point, reprit-elle. Mais je vois bien que tu
regrettes la danse, mon bon Landry, et je ne
sais pas pourquoi tu y as renoncé. Va donc
danser un peu ; ça me fera plaisir de songer
que tu t'amuses, et je t'attendrai plus patiemment.

— Oh ! tu as trop de patience, toi ! dit
Landry d'une voix qui n'en marquait guère ;
mais moi, j'aimerais mieux me faire couper
les deux jambes que de danser avec des filles
que je n'aime point, et que je n'embrasserais
pas pour cent francs.

— Eh bien, si je dansais, reprit la Fadette,
il me faudrait danser avec d'autres qu'avec
toi, et me laisser embrasser aussi.

— Va-t'en, va-t'en bien vitement, dit Landry ; je ne veux point qu'on t'embrasse.

Sylvinet n'entendit plus rien que des pas qui s'éloignaient, et, pour n'être point surpris aux écoutes par son frère, qui revenait vers lui, il entra vivement dans le cimetière et le laissa passer.

Cette découverte-là fut comme un coup de couteau dans le cœur de Sylvinet. Il ne chercha point à découvrir quelle était la fille que Landry aimait si passionnément. Il en avait bien assez de savoir qu'il y avait une personne pour laquelle Landry le délaissait et qui avait toutes ses pensées, au point qu'il les cachait à son besson, et que celui-ci n'en recevait point la confidence. Il faut qu'il se défie de moi, pensa-t-il, et que cette fille qu'il aime tant le porte à me craindre et à me détester. Je ne m'étonne plus de voir qu'il est toujours si ennuyé à la maison, et si inquiet quand je veux me promener avec lui. J'y renonçais, croyant voir qu'il avait le goût d'être seul ; mais, à présent, je me garderai bien d'essayer à le troubler. Je ne lui dirai rien ; il m'en voudrait d'avoir surpris ce qu'il n'a pas voulu me confier. Je souffrirai tout seul, pendant qu'il se réjouira d'être débarrassé de moi.

Sylvinet fit comme il se promettait, et même il le poussa plus loin qu'il n'était besoin, car non-seulement il ne chercha plus à retenir son frère auprès de lui, mais encore, pour ne le point gêner, il quittait le premier la maison et allait rêvasser tout seul dans son ouche, ne voulant point aller dans la campagne : parce que, pensait-il, si je venais à y rencontrer Landry, il s'imaginerait que je l'épie et me ferait bien voir que je le dérange.

Et peu à peu son ancien chagrin, dont il s'était quasiment guéri, lui revint si lourd et si obstiné qu'on ne tarda pas à le voir sur sa figure. Sa mère l'en reprit doucement ; mais, comme il avait honte, à dix-huit ans, d'avoir les mêmes faiblesses d'esprit qu'il avait eues à quinze, il ne voulut jamais confesser ce qui le rongeait.

Ce fut ce qui le sauva de la maladie ; car le bon Dieu n'abandonne que ceux qui s'abandonnent eux-mêmes, et celui qui a le courage de renfermer sa peine est plus fort contre elle que celui qui s'en plaint. Le pauvre besson prit comme une habitude d'être triste et pâle ; il eut, de temps en temps, un ou deux accès de fièvre, et, tout en grandissant toujours un peu, il resta assez délicat et mince de sa personne. Il n'était pas bien soutenu à l'ouvrage, et ce n'était point sa faute, car il savait que le travail lui était bon ; et c'était bien assez d'ennuyer son père par sa tristesse, il ne voulait pas le fâcher et lui faire tort par sa lâcheté. Il se mettait donc à l'ouvrage, et travaillait de colère contre lui-même. Aussi en prenait-il souvent plus qu'il ne pouvait en supporter ; et le lendemain il était si las qu'il ne pouvait plus rien faire.

— Ce ne sera jamais un fort ouvrier, disait le père Barbeau ; mais il fait ce qu'il peut, et quand il peut, il ne s'épargne même pas assez. C'est pourquoi je ne veux point le mettre chez les autres ; car, par la crainte qu'il a des reproches et le peu de forces que Dieu lui a données, il se tuerait bien vite, et j'aurais à me le reprocher toute ma vie.

La mère Barbeau goûtait fort ces raisons-là et faisait tout son possible pour égayer Sylvinet. Elle consulta plusieurs médecins sur sa santé, et ils lui dirent, les uns qu'il fallait le ménager beaucoup, et ne plus lui faire boire que du lait, parce qu'il était faible. Les autres, qu'il fallait le faire travailler beaucoup et lui donner du bon vin, parce qu'étant faible, il avait besoin de se fortifier. Et la mère Barbeau ne savait lequel écouter, ce qui arrive toujours quand on prend plusieurs avis.

Heureusement que, dans le doute, elle n'en suivit aucun, et que Sylvinet marcha dans la route que le bon Dieu lui avait ouvert, sans y rencontrer de quoi le faire verser à droite ou à gauche, et il traîna son petit mal, sans être trop foulé, jusqu'au moment où les amours de Landry firent un éclat, et où Sylvinet vit augmenter sa peine de toute celle qui fut faite à son frère.

XXVIII

Ce fut la Madelon qui découvrit le pot aux roses ; et, si elle le fit sans malice, encore en tira-t-elle un mauvais parti. Elle s'était bien consolée de Landry et, n'ayant pas perdu beaucoup de temps à l'aimer, elle n'en avait guère demandé pour l'oublier. Cependant il lui était resté sur le cœur une petite rancune qui n'attendait que l'occasion pour se faire sentir, tant il est vrai que le dépit chez les femmes dure plus que le regret.

Voici comment la chose arriva. La belle Madelon, qui était renommée pour son air sage et pour ses manières fières avec les garçons, était cependant très-coquette en dessous, et pas moitié si raisonnable ni si fidèle dans ses amitiés que le pauvre grelet, dont on avait si mal parlé et si mal auguré. Adonc la Madelon avait déjà eu deux amoureux, sans compter Landry, et elle se prononçait pour un troisième, qui était son cousin, le fils cadet au père Caillaud de la Priche. Elle se prononça si bien qu'étant surveillée par le dernier à qui elle avait donné de l'espérance, et craignant qu'il ne fît un éclat, ne sachant où se cacher pour causer à loisir avec le nouveau, elle se laissa persuader par celui-ci d'aller babiller dans le colombier où justement Landry avait d'honnêtes rendez-vous avec la petite Fadette.

Cadet Caillaud avait bien cherché la clef de ce colombier, et ne l'avait point trouvée parce qu'elle était toujours dans la poche de Landry ; et il n'avait osé la demander à personne, parce qu'il n'avait pas de bonnes raisons pour en expliquer la demande. Si bien que personne, hormis Landry, ne s'inquiétait de savoir où elle était. Cadet Caillaud, songeant qu'elle était perdue, ou que son père la tenait dans son trousseau, ne se gêna point pour enfoncer la porte. Mais, le jour où il le fit, Landry et Fadette se trouvaient là, et ces quatre amoureux se trouvèrent bien penauds en se voyant les uns les autres. C'est ce qui les engagea tous également à se taire et à ne rien ébruiter.

Mais la Madelon eut comme un retour de jalousie et de colère, en voyant Landry, qui était devenu un des plus beaux garçons du pays et des plus estimés, garder, depuis la Saint-Andoche, une si belle fidélité à la petite Fadette, et elle forma la résolution de s'en venger. Pour cela, sans en rien confier à Cadet Caillaud, qui était honnête homme et ne s'y fût point prêté, elle se fit aider d'une ou deux jeunes fillettes de ses amies lesquelles, un peu dépitées aussi du mépris que Landry paraissait faire d'elles en ne les priant plus jamais à danser, se mirent à surveiller si bien la petite Fadette, qu'il ne leur fallut pas grand temps pour s'assurer de son amitié avec Landry. Et sitôt qu'elles les eurent épiés et vus une ou deux fois ensemble, elles en firent grand bruit dans tout le pays, disant à qui voulait les écouter, et Dieu sait si la médisance manque d'oreilles pour se faire entendre et de langues pour se faire répéter, que Landry avait fait une mauvaise connaissance dans la personne de la petite Fadette.

Alors toute la jeunesse femelle s'en mêla, car lorsqu'un garçon de belle mine et de bon avoir s'occupe d'une personne, c'est comme une injure à toutes les autres, et si l'on peut trouver à mordre sur cette personne-là, on ne s'en fait pas faute. On peut dire aussi que, quand une méchanceté est exploitée par les femmes, elle va vite et loin. Aussi, quinze jours après l'aventure de la tour à Jacot, sans qu'il fût question de la tour, ni de Madelon, qui avait eu bien soin de ne pas se mettre en avant, et qui feignait même d'apprendre comme une nouvelle ce qu'elle avait dévoilé la première à la sourdine, tout le monde savait, petits et grands, vieilles et jeunes, les amours de Landry le besson avec Fanchon le grelet.

Et le bruit en vint jusqu'aux oreilles de la mère Barbeau, qui s'en affligea beaucoup et n'en voulut point parler à son homme. Mais le père Barbeau l'apprit d'autre part, et Sylvain, qui avait bien discrètement gardé le secret de son frère, eut le chagrin de voir que tout le monde le savait.

Or, un soir que Landry songeait à quitter la Bessonnière de bonne heure, comme il avait coutume de faire, son père lui dit, en présence de sa mère, de sa sœur aînée et de son besson : — Ne soit pas si hâteux de nous quitter, Landry, car j'ai à te parler ; mais j'attends que ton parrain soit ici, car c'est devant ceux de la famille qui s'intéressent le plus à ton sort, que je veux te demander une explication.

Et quand le parrain, qui était l'oncle Landriche, fut arrivé, le père Barbeau parla en cette manière :

— Ce que j'ai à te dire te donnera un peu de honte, mon Landry ; aussi n'est-ce pas sans un peu de honte moi-même, et sans beaucoup de regret, que je me vois obligé de te confesser devant ta famille. Mais j'espère que cette honte te sera salutaire et te guérira d'une fantaisie qui pourrait te porter préjudice.

Il paraît que tu as fait une connaissance qui date de la dernière Saint-Andoche, il y aura prochainement un an. On m'en a parlé dès le premier jour, car c'était une chose imaginante que de te voir danser tout un jour de fête avec la fille la plus laide, la plus malpropre et la plus mal famée de notre pays. Je n'ai pas voulu y prêter attention, pensant que tu en avais fait un amusement, et je n'approuvais pas précisément la chose, parce que, s'il ne faut pas fréquenter les mauvaises gens, encore ne faut-il pas augmenter leur humiliation et le malheur qu'ils ont d'être haïssables à tout le monde. J'avais

négligé de t'en parler, pensant, à te voir triste
le lendemain, que tu t'en faisais reproche à
toi-même et que tu n'y retournerais plus.
Mais voilà que, depuis une semaine environ,
j'entends bien dire autre chose, et, encore
que ce soit par des personnes dignes de foi,
je ne veux point m'y fier, à moins que tu ne
me le confirmes. Si je t'ai fait tort en te
soupçonnant, tu ne l'imputeras qu'à l'intérêt
que je te porte et au devoir que j'ai de surveiller ta conduite : car, si la chose est fausseté, tu me feras grand plaisir en me donnant ta parole et en me faisant connaître
qu'on t'a desservi à tort dans mon opinion.

— Mon père, dit Landry, voulez-vous bien
me dire de quoi vous m'accusez, et je vous
répondrai selon la vérité et le respect que je
vous dois.

— On t'accuse, Landry, je crois te l'avoir
suffisamment donné à entendre, d'avoir un
commerce malhonnête avec la petite fille de
la mère Fadet, qui est une assez mauvaise
femme ; sans compter que la propre mère de
cette malheureuse fille a vilainement quitté
son mari, ses enfants et son pays pour suivre
les soldats. On t'accuse de te promener de
tous les côtés avec la petite Fadette, ce qui
me ferait craindre de te voir engagé par elle
dans de mauvaises amours, dont toute ta vie
tu pourrais avoir à te repentir. Entends-tu, à
la fin ?

— J'entends bien, mon cher père, répondit Landry, et souffrez-moi encore une question avant que je vous réponde. Est-ce à
cause de sa famille, ou seulement à cause

d'elle-même, que vous regardez la Fanchon Fadette comme une mauvaise connaissance pour moi ?

— C'est sans doute à cause de l'une et de l'autre, reprit le père Barbeau avec un peu plus de sévérité qu'il n'en avait mis au commencement ; car il s'était attendu à trouver Landry bien penaud, et il le trouvait tranquille et comme résolu à tout. C'est d'abord, fit-il, qu'une mauvaise parenté est une vilaine tache, et que jamais une famille estimée et honorée comme est la mienne ne voudrait faire alliance avec la famille Fadet. C'est ensuite que la petite Fadet, par elle-même, n'inspire d'estime et de confiance à personne. Nous l'avons vue s'élever et nous savons tous ce qu'elle vaut. J'ai bien entendu dire, et je reconnais pour l'avoir vu deux ou trois fois, que, depuis un an, elle se tient mieux, ne court plus avec les petits garçons et ne parle mal à personne. Tu vois que je ne veux pas m'écarter de la justice ; mais cela ne me suffit pas pour croire qu'une enfant qui a été si mal élevée puisse jamais faire une honnête femme, et connaissant la grand'mère comme je l'ai connue, j'ai tout lieu de craindre qu'il n'y ait là une intrigue montée pour te soutirer des promesses et te causer de la honte ou de l'embarras. On m'a même dit que la petite était enceinte, ce que je ne veux point croire à la légère, mais ce qui me peinerait beaucoup, parce que la chose te serait attribuée et reprochée, et pourrait finir par un procès et du scandale.

Landry, qui, dès le premier mot, s'était

bien promis d'être prudent et de s'expliquer avec douceur, perdit patience. Il devint rouge comme le feu, et, se levant : — Mon père, dit-il, ceux qui vous ont dit cela ont menti comme des chiens. Ils ont fait une telle insulte à Fanchon Fadet, que, si je les tenais là, il faudrait qu'ils eussent à se dédire ou à se battre avec moi, jusqu'à ce qu'il en restât un de nous par terre. Dites-leur qu'ils sont des lâches et des païens ; et qu'ils viennent donc me le dire en face, ce qu'ils vous ont insinué en traîtres, et nous en aurons beau jeu !

— Ne te fâche pas comme cela, Landry, dit Sylvinet tout abattu de chagrin : mon père ne t'accuse point d'avoir fait du tort à cette fille ; mais il craint qu'elle ne se soit mise dans l'embarras avec d'autres, et qu'elle ne veuille faire croire, en se promenant de jour et de nuit avec toi, que c'est à toi de lui donner une réparation.

XXIX

La voix de son besson adoucit un peu Landry ; mais les paroles qu'il disait ne purent
passer sans qu'il les relevât.

— Frère, dit-il, tu n'entends rien à tout
cela. Tu as toujours été prévenu contre la
petite Fadette, et tu ne la connais point. Je
m'inquiète bien peu de ce qu'on peut dire de
moi ; mais je ne souffrirai point ce qu'on dit
contre elle, et je veux que mon père et ma
mère sachent de moi, pour se tranquilliser,
qu'il n'y a point sur la terre deux filles aussi
honnêtes, aussi sages, aussi bonnes, aussi
désintéressées que cette fille-là. Si elle a le
malheur d'être mal apparentée, elle en a
d'autant plus de mérite à être ce qu'elle est,
et je n'aurais jamais cru que des âmes chrétiennes pussent lui reprocher le malheur de
sa naissance.

— Vous avez l'air vous-même de me faire
un reproche, Landry, dit le père Barbeau en
se levant aussi, pour lui montrer qu'il ne
souffrirait pas que la chose allât plus loin
entre eux. Je vois, à votre dépit, que vous en

tenez pour cette Fadette plus que je n'aurais
souhaité. Puisque vous n'en avez ni honte ni
regret, nous n'en parlerons plus. J'aviserai à
ce que je dois faire pour vous prévenir d'une
étourderie de jeunesse. A cette heure, vous
devez retourner chez vos maîtres.

— Vous ne vous quitterez pas comme ça,
dit Sylvinet en retenant son frère, qui
commençait à s'en aller. Mon père, voilà
Landry qui a tant de chagrin de vous avoir
déplu qu'il ne peut rien dire. Donnez-lui son
pardon et l'embrassez, car il s'en va pleurer à
nuitée, et il serait trop puni par votre
mécontentement.

Sylvinet pleurait, la mère Barbeau pleurait
aussi, et aussi la sœur aînée, et l'oncle Landriche. Il n'y avait que le père Barbeau et
Landry qui eussent les yeux secs ; mais ils
avaient le cœur bien gros, et on les fit
s'embrasser. Le père n'exigea aucune promesse, sachant bien que, dans les cas
d'amour, ces promesses-là sont chanceuses,
et ne voulant point compromettre son auto-
rité ; mais il fit comprendre à Landry que ce
n'était point fini et qu'il y reviendrait. Landry
s'en alla courroucé et désolé. Sylvinet eût
bien voulu le suivre ; mais il n'osa, à cause
qu'il présumait bien qu'il allait faire part de
son chagrin à la Fadette, et il se coucha si
triste que, de toute la nuit, il ne fit que soupi-
rer et rêver de malheur dans la famille.

Landry s'en alla frapper à la porte de la
petite Fadette. La mère Fadet était devenue
si sourde qu'une fois endormie rien ne
l'éveillait, et depuis quelque temps Landry,

se voyant découvert, ne pouvait causer avec
Fanchon que le soir dans la chambre où
dormaient la vieille et le petit Jeanet ; et là
encore, il risquait gros, car la vieille sorcière
ne pouvait pas le souffrir et l'eût fait sortir
avec des coups de balai bien plutôt qu'avec
des compliments. Landry raconta sa peine à
la petite Fadette, et la trouva grandement
soumise et courageuse. D'abord elle essaya
de lui persuader qu'il ferait bien, dans son
intérêt à lui, de reprendre son amitié et de ne
plus penser à elle. Mais quand elle vit qu'il
s'affligeait et se révoltait de plus en plus, elle
l'engagea à l'obéissance en lui donnant à
espérer du temps à venir.

— Écoute, Landry, lui dit-elle, j'avais toujours eu prévoyance de ce qui nous arrive, et
j'ai souvent songé à ce que nous ferions, le
cas échéant. Ton père n'a point de tort, et je
ne lui en veux pas ; car c'est par grande amitié pour toi qu'il craint de te voir épris d'une
personne aussi peu méritante que je le suis.
Je lui pardonne donc un peu de fierté et
d'injustice à mon endroit ; car nous ne pouvons pas disconvenir que ma première petite
jeunesse a été folle, et toi-même me l'as
reproché le jour où tu as commencé à
m'aimer. Si depuis un an, je me suis corrigée
de mes défauts, ce n'est pas assez de temps
pour qu'il y prenne confiance, comme il te l'a
dit aujourd'hui. Il faut donc que le temps
passe encore là-dessus, et, peu à peu, les
préventions qu'on avait contre moi s'en
iront, les vilains mensonges qu'on fait à présent tomberont d'eux-mêmes. Ton père et ta

mère verront bien que je suis sage et que je ne veux pas te débaucher ni te tirer de l'argent. Ils rendront justice à l'honnêteté de mon amitié, et nous pourrons nous voir et nous parler sans nous cacher de personne ; mais en attendant, il faut que tu obéisses à ton père, qui, j'en suis certaine, va te défendre de me fréquenter.

— Jamais je n'aurai ce courage-là, dit Landry, j'aimerais mieux me jeter dans la rivière.

— Eh bien ! si tu ne l'as pas, je l'aurai pour toi, dit la petite Fadette ; je m'en irai, moi, je quitterai le pays pour un peu de temps. Il y a déjà deux mois qu'on m'offre une bonne place en ville. Voilà ma grand'mère si sourde et si âgée qu'elle ne s'occupe presque plus de faire et de vendre ses drogues, et qu'elle ne peut plus donner de consultations. Elle a une parente très-bonne, qui lui offre de venir demeurer avec elle, et qui la soignera bien, ainsi que mon pauvre sauteriot.

La petite Fadette eut la voix coupée, un moment, par l'idée de quitter cet enfant, qui était, avec Landry, ce qu'elle aimait le plus au monde ; mais elle reprit courage et dit :

— A présent, il est assez fort pour se passer de moi. Il va faire sa première communion, et l'amusement d'aller au catéchisme avec les autres enfants le distraira du chagrin de mon départ. Tu dois avoir observé qu'il est devenu assez raisonnable, et que les autres garçonnets ne le font plus guère enrager. Enfin, il le faut, vois-tu, Landry ; il faut qu'on m'oublie un peu, car il y a, à cette heure, une grande colère et une grande jalousie contre moi dans le pays. Quand j'aurai passé un an ou deux au loin, et que je reviendrai avec de bons témoignages et une bonne renommée, laquelle j'acquerrai plus aisément ailleurs qu'ici, on ne nous tourmentera plus, et nous serons meilleurs amis que jamais.

Landry ne voulut pas écouter cette proposition-là ; il ne fit que se désespérer, et s'en retourna à la Priche dans un état qui aurait fait pitié au plus mauvais cœur.

Deux jours après, comme il menait la cuve pour la vendange, Cadet Caillaud lui dit :

— Je vois, Landry, que tu m'en veux, et que, depuis quelque temps, tu ne me parles pas. Tu crois sans doute que c'est moi qui ai ébruité tes amours avec la petite Fadette, et je suis fâché que tu puisses croire une pareille vilenie de ma part. Aussi vrai que Dieu est au ciel, jamais je n'en ai soufflé un mot, et mêmement c'est un chagrin pour moi qu'on t'ait causé ces ennuis-là, car j'ai toujours fait grand cas de toi, et jamais je n'ai fait injure à la petite Fadette. Je puis même dire que j'ai de l'estime pour cette fille depuis ce qui nous est arrivé au colombier, dont elle aurait pu bavarder pour sa part, et dont jamais personne n'a rien su, tant elle a été discrète. Elle aurait pu s'en servir pourtant, à seules fins de tirer vengeance de la Madelon, qu'elle sait bien être l'auteur de tous ces caquets ; mais elle ne l'a point fait, et je vois, Landry, qu'il ne faut point se fier

aux apparences et aux réputations. La
Fadette, qui passait pour méchante, a été
bonne ; la Madelon, qui passait pour bonne,
a été bien traître, non-seulement envers la
Fadette et envers toi, mais encore avec moi,
qui, pour l'heure, ai grandement à me
plaindre de sa fidélité.

Landry accepta de bon cœur les explica-
tions de Cadet Caillaud, et celui-ci le consola
de son mieux de son chagrin.

— On t'a fait bien des peines, mon pauvre
Landry, lui dit-il en finissant ; mais tu dois
t'en consoler par la bonne conduite de la
petite Fadette. C'est bien, à elle, de s'en aller,
pour faire finir le tourment de ta famille, et
je viens de le lui dire à elle-même, en lui
faisant mes adieux au passage.

— Qu'est-ce que tu me dis-là, Cadet ?
s'exclama Landry ; elle s'en va ? elle est partie ?

— Ne le savais-tu pas ? dit Cadet. Je pensais que c'était chose convenue entre vous, et
que tu ne la conduisais point pour n'être pas
blâmé. Mais elle s'en va, pour sûr ; elle a
passé au droit de chez nous il n'y a pas plus
d'un quart d'heure, et elle avait son petit
paquet sous le bras. Elle allait à Château-
Meillant, et, à cette heure, elle n'est pas plus
loin que Vieille-Ville, ou bien la côte
d'Urmont.

Landry laissa son aiguillon accoté au fron-
tal de ses bœufs, prit sa course et ne s'arrêta
que quand il eut rejoint la petite Fadette,
dans le chemin de sable qui descend des
vignes d'Urmont à la Fremelaine.

Là, tout épuisé par le chagrin et la grande hâte de sa course, il tomba en travers du chemin, sans pouvoir lui parler, mais en lui faisant connaître par signes qu'elle aurait à marcher sur son corps avant de le quitter.

Quand il se fut un peu remis, la Fadette lui dit :

— Je voulais t'épargner cette peine, mon cher Landry, et voilà que tu fais tout ce que tu peux pour m'ôter le courage. Sois donc un homme, et ne m'empêche pas d'avoir du cœur ; il m'en faut plus que tu ne penses, et quand je songe que mon pauvre petit Jeanet me cherche et crie après moi, à cette heure, je me sens si faible que, pour un rien, je me casserais la tête sur ces pierres. Ah ! je t'en prie, Landry, aide-moi au lieu de me détourner de mon devoir ; car, si je ne m'en vas pas aujourd'hui, je ne m'en irai jamais, et nous serons perdus.

— Fanchon, Fanchon, tu n'as pas besoin d'un grand courage, répondit Landry. Tu ne regrettes qu'un enfant qui se consolera bientôt, parce qu'il est enfant. Tu ne te soucies pas de mon désespoir ; tu ne connais pas ce que c'est que l'amour ; tu n'en as point pour moi, et tu vas m'oublier vite, ce qui fait que tu ne reviendras peut-être jamais.

— Je reviendrai, Landry ; je prends Dieu à témoin que je reviendrai dans un an au plus tôt, dans deux ans au plus tard, et que je t'oublierai si peu que je n'aurai jamais d'autre ami ni d'autre amoureux que toi.

— D'autre ami, c'est possible, Fanchon, parce que tu n'en retrouveras jamais un qui

te soit soumis comme je le suis ; mais d'autre
amoureux, je n'en sais rien : qui peut m'en
répondre ?

— C'est moi qui t'en réponds !

— Tu n'en sais rien toi-même, Fadette, tu
n'as jamais aimé, et quand l'amour te viendra, tu ne te souviendras guère de ton pauvre
Landry. Ah ! si tu m'avais aimé de la manière
dont je t'aime, tu ne me quitterais pas
comme ça.

— Tu crois, Landry ? dit la petite Fadette
en le regardant d'un air triste et bien sérieux.
Peut-être bien que tu ne sais ce que tu dis.
Moi, je crois que l'amour me commanderait
encore plus ce que l'amitié me fait faire.

— Eh bien, si c'était l'amour qui te
commande, je n'aurais pas tant de chagrin.
Oh ! oui, Fanchon, si c'était l'amour, je crois
quasiment que je serais heureux dans mon
malheur. J'aurais de la confiance dans ta
parole et de l'espérance dans l'avenir ;
j'aurais le courage que tu as, vrai !... Mais ce
n'est pas de l'amour, tu me l'as dit bien des
fois, et je l'ai vu à ta grande tranquillité à
côté de moi.

— Ainsi tu crois que ce n'est pas l'amour ?
dit la petite Fadette ; tu en es bien assuré ?

Et, le regardant toujours, ses yeux se rem-
plirent de grosses larmes qui tombèrent sur
ses joues, tandis qu'elle souriait d'une
manière bien étrange.

— Ah ! mon Dieu ! mon bon Dieu ! s'écria
Landry en la prenant dans ses bras, si je
pouvais m'être trompé !

— Moi, je crois bien que tu t'es trompé, en

effet, répondit la petite Fadette, toujours souriant et pleurant ; je crois bien que, depuis l'âge de treize ans, la pauvre Grelet a remarqué Landry et n'en a jamais remarqué d'autre. Je crois bien que, quand elle le suivait par les champs et par les chemins, en lui disant des folies et des taquineries pour le forcer à s'occuper d'elle, elle ne savait point encore ce qu'elle faisait, ni ce qui la poussait vers lui. Je crois bien que, quand elle s'est mise un jour à la recherche de Sylvinet, sachant que Landry était dans la peine, et qu'elle l'a trouvé au bord de la rivière, tout pensif, avec un petit agneau sur ses genoux, elle a fait un peu la sorcière avec Landry, afin que Landry fût forcé à lui en avoir de la reconnaissance. Je crois bien que, quand elle l'a injurié au gué des Roulettes, c'est parce qu'elle avait du dépit et du chagrin de ce qu'il ne lui avait jamais parlé depuis. Je crois bien que, quand elle a voulu danser avec lui, c'est parce qu'elle était folle de lui et qu'elle espérait lui plaire par sa jolie danse. Je crois bien que, quand elle pleurait dans la carrière des Chaumois, c'était pour le repentir et la peine de lui avoir déplu. Je crois bien aussi que, quand il voulait l'embrasser et qu'elle lui répondait en paroles d'amitié, c'était par la crainte qu'elle avait de perdre cet amour-là en le contentant trop vite. Enfin, je crois que, si elle s'en va en se déchirant le cœur, c'est par l'espérance qu'elle a de revenir digne de lui dans l'esprit de tout le monde, et de pouvoir être sa femme, sans désoler et sans humilier sa famille.

Cette fois Landry crut qu'il deviendrait tout à fait fou. Il riait, il criait et il pleurait ; et il embrassait Fanchon sur ses mains, sur sa robe ; et il l'eût embrassée sur ses pieds, si elle avait voulu le souffrir ; mais elle le releva et lui donna un baiser d'amour dont il faillit mourir ; car c'était le premier qu'il eût jamais reçu d'elle, ni d'aucune autre, et, du temps qu'il en tombait comme pâmé sur le bord du chemin, elle ramassa son paquet, tout rouge et confuse qu'elle était, et se sauva en lui défendant de la suivre et en lui jurant qu'elle reviendrait.

XXX

Landry se soumit et revint à la vendange, bien surpris de ne pas se trouver malheureux comme il s'y était attendu, tant c'est une grande douceur de se savoir aimé, et tant la foi est grande quand on aime grandement. Il était si étonné et si aise qu'il ne put se défendre d'en parler à Cadet Caillaud, lequel s'étonna aussi, et admira la petite Fadette pour avoir si bien su se défendre de toute faiblesse et de toute imprudence, depuis le temps qu'elle aimait Landry et qu'elle en était aimée.

— Je suis content de voir, lui dit-il, que cette fille-là a tant de qualités, car, pour mon compte, je ne l'ai jamais mal jugée, et je peux même dire que si elle avait fait attention à moi, elle ne m'aurait point déplu. A cause des yeux qu'elle a, elle m'a toujours semblé plutôt belle que laide, et, depuis un certain temps, tout le monde aurait bien pu voir, si elle avait voulu plaire, qu'elle devenait chaque jour plus agréable. Mais elle t'aimait uniquement, Landry, et se contentait de ne point déplaire aux autres ; elle ne cherchait d'autre approbation que la tienne, et je te réponds qu'une femme de ce caractère-là m'aurait bien convenu. D'ailleurs, si petite et si enfant que je l'aie connue, j'ai toujours considéré qu'elle avait un grand cœur, et si l'on allait demander à chacun de dire en conscience et en vérité ce qu'il en pense et ce qu'il en sait, chacun serait obligé de témoigner pour elle ; mais le monde est fait comme cela que quand deux ou trois personnes se mettent après une autre, toutes s'en mêlent, lui jettent la pierre et lui font une mauvaise réputation sans trop savoir pourquoi ; et comme si c'était pour le plaisir d'écraser qui ne peut se défendre.

Landry trouvait un grand soulagement à entendre raisonner Cadet Caillaud de la sorte, et, depuis ce jour-là, il fit une grande amitié avec lui, et se consola un peu de ses ennuis en les lui confiant. Et mêmement, il lui dit un jour :

— Ne pense plus à cette Madelon, qui ne vaut rien et qui nous a fait des peines à tous deux, mon brave Cadet. Tu es de même âge et rien ne te presse de te marier. Or, moi, j'ai une petite sœur, Nanette, qui est jolie comme un cœur, qui est bien élevée, douce, mignonne, et qui prend seize ans. Viens nous voir un peu plus souvent ; mon père t'estime beaucoup, et quand tu connaîtras bien notre Nanette, tu verras que tu n'auras pas de meilleure idée que celle de devenir mon beau-frère.

— Ma foi, je ne dis pas non, répondit

Cadet, et si la fille n'est point accordée par
ailleurs, j'irai chez toi tous les dimanches.

Le soir du départ de Fanchon Fadet, Landry voulut aller voir son père pour lui
apprendre l'honnête conduite de cette fille
qu'il avait mal jugée, et, en même temps,
pour lui faire, sous toutes réserves quant à
l'avenir, ses soumissions quant au présent. Il
eut le cœur bien gros en passant devant la
maison de la mère Fadet ; mais il s'arma
d'un grand courage, en se disant que, sans le
départ de Fanchon, il n'aurait peut-être pas
su de longtemps le bonheur qu'il avait d'être
aimé d'elle. Et il vit la mère Fanchette, qui
était la parente et la marraine à Fanchon,
laquelle était venue pour soigner la vieille et
le petit à sa place. Elle était assise devant la
porte, avec le sauteriot sur ses genoux. Le
pauvre Jeanet pleurait et ne voulait point
aller au lit, parce que sa Fanchon n'était
point encore rentrée, disait-il, et que c'était à
elle à lui faire dire ses prières et à le coucher.
La mère Fanchette le réconfortait de son
mieux, et Landry entendit avec plaisir qu'elle
lui parlait avec beaucoup de douceur et
d'amitié. Mais sitôt que le sauteriot vit passer Landry, il s'échappa des mains de la Fanchette, au risque d'y laisser une de ses pattes,
et courut se jeter dans les jambes du besson,
l'embrassant et le questionnant, et le conju-
rant de lui ramener son Fanchon. Landry le
prit dans ses bras, et, tout en pleurant, le
consola comme il put. Il voulut lui donner
une grappe de beaux raisins qu'il portait
dans un petit panier, de la part de la mère

Caillaud, à la mère Barbeau ; mais Jeanet, qui était d'habitude assez gourmand, ne voulut rien, sinon que Landry lui promettrait d'aller quérir sa Fanchon, et il fallut que Landry le lui promît en soupirant, sans quoi il ne se fût point soumis à la Fanchette.

Le père Barbeau ne s'attendait guère à la grande résolution de la petite Fadette. Il en fut content ; mais il eut comme du regret de ce qu'elle avait fait, tant il était homme juste et de bon cœur. — Je suis fâché, Landry, dit-il, que tu n'aies pas eu le courage de renoncer à la fréquenter. Si tu avais agi selon ton devoir, tu n'aurais pas été la cause de son départ. Dieu veuille que cette enfant n'ait pas à souffrir dans sa nouvelle condition et que son absence ne fasse pas de tort à sa grand-mère et à son petit-frère ; car s'il y a beaucoup de gens qui disent du mal d'elle, il y en a aussi quelques-uns qui la défendent et qui m'ont assuré qu'elle était très-bonne et très-serviable pour sa famille. Si ce qu'on m'a dit qu'elle est enceinte est une fausseté, nous le saurons bien, et nous la défendrons comme il faut : si, par malheur, c'est vrai, et que tu en sois coupable, Landry, nous l'assisterons et ne la laisserons pas tomber dans la misère. Que tu ne l'épouses jamais, Landry, voilà tout ce que j'exige de toi.

— Mon père, dit Landry, nous jugeons la chose différemment vous et moi. Si j'étais coupable de ce que vous pensez, je vous demanderais au contraire votre permission pour l'épouser. Mais comme la petite Fadette est aussi innocente que ma sœur

Nanette, je ne vous demande rien encore que de me pardonner le chagrin que je vous ai causé. Nous parlerons d'elle plus tard, ainsi que vous me l'avez promis.

Il fallut bien que le père Barbeau en passât par cette condition de ne pas insister davantage. Il était trop prudent pour brusquer les choses et se devait tenir pour content de ce qu'il avait obtenu.

Depuis ce moment-là, il ne fut plus question de la petite Fadette à la Bessonnière. On évita même de la nommer, car Landry devenait rouge, et tout aussitôt pâle, quand son nom échappait à quelqu'un devant lui, et il était bien aisé de voir qu'il ne l'avait pas plus oubliée qu'au premier jour.

XXXI

D'abord Sylvinet eut comme un contentement d'égoïste en apprenant le départ de la
Fadette, et il se flatta que dorénavant son
besson n'aimerait que lui et ne le quitterait
plus pour personne. Mais il n'en fut point
ainsi. Sylvinet était bien ce que Landry
aimait le mieux au monde après la petite
Fadette ; mais il ne pouvait se plaire longtemps dans sa société, parce que Sylvinet ne
voulut point se départir de son aversion pour
Fanchon. Aussitôt que Landry essayait de lui
en parler et de le mettre dans ses intérêts,
Sylvinet s'affligeait, lui faisait reproche de
s'obstiner dans une idée si répugnante à
leurs parents et si chagrinante pour lui-
même. Landry dès lors ne lui en parla plus ;
mais, comme il ne pouvait pas vivre sans en
parler, il partageait son temps avec Cadet
Caillaud et le petit Jeanet, qu'il emmenait
promener avec lui, à qui il faisait répéter son
catéchisme et qu'il instruisait et consolait de
son mieux. Et quand on le rencontrait avec
cet enfant, on se fût moqué de lui, si l'on eût

osé. Mais, outre que Landry ne se laissait jamais bafouer en quoi que ce soit, il était plutôt fier que honteux de montrer son amitié pour le frère de Fanchon Fadet, et c'est par là qu'il protestait contre le dire de ceux qui prétendaient que le père Barbeau, dans sa sagesse, avait bien vite eu raison de cet amour-là. Sylvinet, voyant que son frère ne revenait pas autant à lui qu'il l'aurait souhaité, et se trouvant réduit à porter sa jalousie sur le petit Jeanet et sur Cadet Caillaud ; voyant, d'un autre côté, que sa sœur Nanette, laquelle, jusqu'alors, l'avait toujours consolé et réjoui par des soins très-doux et des attentions mignardes, commençait à se plaire beaucoup dans la société de ce même Cadet Caillaud, dont les deux familles approuvaient fort l'inclination ; le pauvre Sylvinet, dont la fantaisie était de posséder à lui tout seul l'amitié de ceux qu'il aimait, tomba dans un ennui mortel, dans une langueur singulière, et son esprit se rembrunit si fort qu'on ne savait par où le prendre pour le contenter. Il ne riait plus jamais ; il ne prenait goût à rien, il ne pouvait plus guère travailler, tant il se consumait et s'affaiblissait. Enfin on craignit pour sa vie, car la fièvre ne le quittait presque plus, et, quand il l'avait un peu plus que d'habitude, il disait des choses qui n'avaient pas grand'raison et qui étaient cruelles pour le cœur de ses parents. Il prétendait n'être aimé de personne, lui qu'on avait toujours choyé et gâté plus que tous les autres dans la famille. Il souhaitait la mort, disant qu'il n'était bon à rien, qu'on l'épargnait par compassion de son état ; mais qu'il était une charge pour ses parents, et que la plus grande grâce que le bon Dieu pût lui faire, ce serait de les débarrasser de lui.

Quelquefois le père Barbeau, entendant ces paroles peu chrétiennes, l'en blâmait avec sévérité. Cela n'amenait rien de bon. D'autres fois, le père Barbeau le conjurait, en pleurant, de mieux reconnaître son amitié. C'était encore pire : Sylvinet pleurait, se repentait, demandait pardon à son père, à sa mère, à son besson, à toute sa famille ; et la fièvre revenait plus forte, après qu'il avait donné cours à la trop grande tendresse de son cœur malade.

On consulta les médecins à nouveau. Ils ne conseillèrent pas grand'chose. On vit, à leur mine, qu'ils jugeaient que tout le mal venait de cette bessonnerie, qui devait tuer l'un ou l'autre, le plus faible des deux conséquemment. On consulta aussi la baigneuse de Clavières, la femme la plus savante du canton après la Sagette, qui était morte, et la mère Fadet, qui commençait à tomber en enfance. Cette femme habile répondit à la mère Barbeau :

— Il n'y aurait qu'une chose pour sauver votre enfant, c'est qu'il aimât les femmes.

— Et justement il ne les peut souffrir, dit la mère Barbeau : jamais on n'a vu un garçon si fier et si sage, et, depuis le moment où son besson s'est mis l'amour en tête, il n'a fait que dire du mal de toutes les filles que nous connaissons. Il les blâme toutes de ce qu'une d'entre elles (et malheureusement ce

n'est pas la meilleure) lui a enlevé, comme il
prétend, le cœur de son besson.

— Eh bien, dit la baigneuse, qui avait un
grand jugement sur toutes les maladies du
corps et de l'esprit, votre fils Sylvinet, le jour
où il aimera une femme, l'aimera encore
plus follement qu'il n'aime son frère. Je vous
prédis cela. Il a une surabondance d'amitié
dans le cœur, et, pour l'avoir toujours portée
sur son besson, il a oublié quasiment son
sexe, et, en cela, il a manqué à la loi du bon
Dieu, qui veut que l'homme chérisse une
femme plus que père et mère, plus que frères
et sœurs. Consolez-vous, pourtant ; il n'est
pas possible que la nature ne lui parle pas
bientôt, quelque retardé qu'il soit dans cette
idée-là : et la femme qu'il aimera, qu'elle soit
pauvre, ou laide, ou méchante, n'hésitez
point à la lui donner en mariage ; car, selon
toute apparence, il n'en aimera pas deux en
sa vie. Son cœur a trop d'attache pour cela,
et, s'il faut un grand miracle de nature pour
qu'il se séparât de la personne qu'il viendrait
à lui préférer.

L'avis de la baigneuse parut fort sage au
père Barbeau, et il essaya d'envoyer Sylvinet
dans les maisons où il y avait de belles et
bonnes filles à marier. Mais, quoique Sylvinet fût joli garçon et bien élevé, son air indifférent et triste ne réjouissait point le cœur
des filles. Elles ne lui faisaient aucune
avance, et lui, qui était si timide, il s'imaginait, à force de les craindre, qu'il les détestait.

Le père Caillaud, qui était le grand ami et

un des meilleurs conseils de la famille, ouvrit
alors un autre avis :

— Je vous ai toujours dit, fit-il, que
l'absence était le meilleur remède. Voyez
Landry ! il devenait insensé pour la petite
Fadette, et pourtant, la petite Fadette partie,
il n'a perdu ni la raison ni la santé, il est
même moins triste qu'il ne l'était souvent,
car nous avions observé cela et nous n'en
savions point la cause. A présent il paraît
tout à fait raisonnable et soumis. Il en serait
de même de Sylvinet si, pendant cinq ou six
mois, il ne voyait point du tout son frère. Je
vais vous dire le moyen de les séparer tout
doucement. Ma ferme de la Priche va bien ;
mais, en revanche, mon propre bien, qui est
du côté d'Arthon, va au plus mal, à cause
que, depuis environ un an, mon colon est
malade et ne peut se remettre. Je ne veux
point le mettre dehors, parce qu'il est un
véritable homme de bien. Mais si je pouvais
lui envoyer un bon ouvrier pour l'aider, il se
remettrait, vu qu'il n'est malade que de
fatigue et de trop grand courage. Si vous y
consentez, j'enverrai donc Landry passer
dans mon bien le reste de la saison. Nous le
ferons partir sans dire à Sylvinet que c'est
pour longtemps. Nous lui dirons, au
contraire, que c'est pour huit jours. Et puis,
les huit jours passés, on lui parlera de huit
autres jours, et toujours ainsi jusqu'à ce qu'il
y soit accoutumé ; suivez mon conseil, au
lieu de flatter toujours la fantaisie d'un
enfant que vous avez trop épargné et rendu
trop maître chez vous.

Le père Barbeau inclinait à suivre ce conseil, mais la mère Barbeau s'en effraya. Elle craignait que ce ne fût pour Sylvinet le coup de la mort. Il fallut transiger avec elle, elle demandait qu'on fît d'abord l'essai de garder Landry quinze jours à la maison, pour savoir si son frère, le voyant à toute heure, ne se guérirait point. S'il empirait, au contraire, elle se rendrait à l'avis du père Caillaud.

Ainsi fut fait. Landry vint de bon cœur passer le temps requis à la Bessonnière, et on l'y fit venir sous le prétexte que son père avait besoin d'aide pour battre le reste de son blé, Sylvinet ne pouvant plus travailler. Landry mit tous ses soins et toute sa bonté à rendre son frère content de lui. Il le voyait à toute heure, il couchait dans le même lit, il le soignait comme s'il eût été un petit enfant. Le premier jour, Sylvinet fut bien joyeux ; mais, le second, il prétendit que Landry s'ennuyait avec lui, et Landry ne put lui ôter cette idée. Le troisième jour, Sylvinet fut en colère, parce que le sauteriot vint voir Landry, et que Landry n'eut point le courage de le renvoyer. Enfin, au bout de la semaine, il y fallut renoncer, car Sylvinet devenait de plus en plus injuste, exigeant et jaloux de son ombre. Alors on pensa à mettre à exécution l'idée du père Caillaud, et encore que Landry n'eût guère d'envie d'aller à Arthon parmi des étrangers, lui qui aimait tant son endroit, son ouvrage, sa famille et ses maîtres, il se soumit à tout ce qu'on lui conseilla de faire dans l'intérêt de son frère.

XXXII

Cette fois, Sylvinet manqua mourir le premier jour ; mais le second, il fut plus tranquille, et le troisième, la fièvre le quitta. Il prit de la résignation d'abord et de la résolution ensuite ; et, au bout de la première semaine, on reconnut que l'absence de son frère lui valait mieux que sa présence. Il trouvait, dans le raisonnement que sa jalousie lui faisait en secret, un motif pour être quasi satisfait du départ de Landry. Au moins, se disait-il, dans l'endroit où il va, et où il ne connaît personne, il ne fera pas tout de suite de nouvelles amitiés. Il s'ennuiera un peu, il pensera à moi et me regrettera. Et quand il reviendra, il m'aimera davantage.

Il y avait déjà trois mois que Landry était absent, et environ un an que la petite Fadette avait quitté le pays, lorsqu'elle y revint tout d'un coup, parce que sa grand'mère était tombée en paralysie. Elle la soigna d'un grand cœur et d'un grand zèle ; mais l'âge est la pire des maladies ; et, au bout de quinze jours, la mère Fadet rendit l'âme sans y songer. Trois jours après, ayant conduit au cimetière le corps de la pauvre vieille, ayant rangé la maison, déshabillé et couché son frère, et embrassé sa bonne marraine qui s'était retirée pour dormir dans l'autre chambre, la petite Fadette était assise bien tristement devant son petit feu, qui n'envoyait guère de clarté, et elle écoutait chanter le grelet de sa cheminée, qui semblait lui dire :

GRELET, GRELET, PETIT GRELET, TOUTE FADETTE À SON FADET.

La pluie tombait et grésillait sur le vitrage, et Fanchon pensait à son amoureux, lorsqu'on frappa à la porte, et une voix lui dit :

— Fanchon Fadet, êtes-vous là, et me reconnaissez-vous ?

Elle ne fut point engourdie pour aller ouvrir, et grande fut sa joie en se laissant serrer sur le cœur de son ami Landry. Landry avait eu connaissance de la maladie de la grand'mère et du retour de Fanchon. Il n'avait pu résister à l'envie de la voir, et il venait à la nuit pour s'en aller avec le jour. Ils passèrent donc toute la nuit à causer au coin du feu, bien sérieusement et bien sagement, car la petite Fadette rappelait à Landry que le lit où sa grand'mère avait rendu l'âme était à peine refroidi, et que ce n'était l'heure ni l'endroit pour s'oublier dans le bonheur. Mais, malgré leurs bonnes résolutions, ils se sentirent bien heureux d'être ensemble et de voir qu'ils s'aimaient plus qu'ils ne s'étaient jamais aimés.

Comme le jour approchait, Landry commença pourtant à perdre courage, et il priait Fanchon de le cacher dans son grenier pour qu'il pût encore la voir la nuit suivante. Mais, comme toujours, elle le ramena à la raison. Elle lui fit entendre qu'ils n'étaient plus séparés pour longtemps, car elle était résolue à rester au pays.

— J'ai pour cela, lui dit-elle, des raisons que je te ferai connaître plus tard et qui ne nuiront pas à l'espérance que j'ai de notre mariage. Va achever le travail que ton maître t'a confié, puisque, selon ce que ma marraine m'a conté, il est utile à la guérison de ton frère qu'il ne te voie pas encore de quelque temps.

— Il n'y a que cette raison-là qui puisse me décider à te quitter, répondit Landry ; car mon pauvre besson m'a causé bien des peines, et je crains qu'il ne m'en cause encore. Toi, qui es si savante, Fanchonnette, tu devrais bien trouver un moyen de le guérir.

— Je n'en connais pas d'autre que le raisonnement, répondit-elle : car c'est son esprit qui rend son corps malade et qui pourrait guérir l'un guérirait l'autre. Mais il a tant d'aversion pour moi, que je n'aurai jamais l'occasion de lui parler et de lui donner des consolations.

— Et pourtant tu as tant d'esprit, Fadette, tu parles si bien, tu as un don si particulier pour persuader ce que tu veux, quand tu en

prends la peine, que si tu lui parlais seulement une heure, il en ressentirait l'effet.
Essaie-le, je te le demande. Ne te rebute pas
de sa fierté et de sa mauvaise humeur.
Oblige-le à t'écouter. Fais cet effort-là pour
moi, ma Fanchon, et pour la réussite de nos
amours aussi, car l'opposition de mon frère
ne sera pas le plus petit de nos empêche-
ments.

Fanchon promit, et ils se quittèrent après
s'être répété plus de deux cents fois qu'ils
s'aimaient et s'aimeraient toujours.

XXXIII

Personne ne sut dans le pays que Landry y
était venu. Quelqu'un qui l'aurait pu dire à
Sylvinet l'aurait fait retomber dans son mal.
Il n'eût point pardonné à son frère d'être
venu voir la Fadette et non pas lui.

A deux jours de là, la petite Fadette
s'habilla très-proprement, car elle n'était
plus sans sou ni maille, et son deuil était de
belle sergette fine. Elle traversa le bourg de
la Cosse, et, comme elle avait beaucoup
grandi, ceux qui la virent passer ne la
reconnurent pas tout d'abord. Elle avait
considérablement embelli à la ville ; étant
mieux nourrie et mieux abritée, elle avait
pris du teint et de la chair autant qu'il conve-
nait à son âge, et on ne pouvait plus la
prendre pour un garçon déguisé, tant elle
avait la taille belle et agréable à voir.
L'amour et le bonheur avaient mis aussi sur
sa figure et sur sa personne ce je ne sais quoi
qui se voit et ne s'explique point. Enfin elle
était, non pas la plus jolie fille du monde,
comme Landry se l'imaginait, mais la plus

avenante, la mieux faite, la plus fraîche et peut-être la plus désirable qu'il y eût dans le pays.

Elle portait un grand panier passé à son bras, et entra à la Bessonnière, où elle demanda à parler au père Barbeau. Ce fut Sylvinet qui la vit le premier, et il se détourna d'elle, tant il avait de déplaisir à la rencontrer. Mais elle lui demanda où était son père avec tant d'honnêteté, qu'il fut obligé de lui répondre et de la conduire à la grange, où le père Barbeau était occupé à chapuser. La petite Fadette ayant prié alors le père de la conduire en un lieu où elle pût lui parler secrètement, il ferma la porte de la grange et lui dit qu'elle pouvait lui dire tout ce qu'elle voudrait.

La petite Fadette ne se laissa pas essotir par l'air froid du père Barbeau. Elle s'assit sur une botte de paille, lui sur une autre et elle lui parla de la sorte :

— Père Barbeau, encore que ma défunte grand'mère eût du dépit contre vous, et vous du dépit contre moi, il n'en est pas moins vrai que je vous connais pour l'homme le plus juste et le plus sûr de tout notre pays. Il n'y a qu'un cri là-dessus, et ma grand'mère elle-même, tout en vous blâmant d'être fier, vous rendait la même justice. De plus, j'ai fait, comme vous savez, une amitié très-longue avec votre fils Landry. Il m'a sou-ventes fois parlé de vous, et je sais par lui, encore mieux que par tout autre, ce que vous êtes et ce que vous valez. C'est pourquoi je viens vous demander un service, et vous donner ma confiance.

— Parlez, Fadette, répondit le père Barbeau ; je n'ai jamais refusé mon assistance à personne, et si c'est quelque chose que ma conscience ne me défende pas, vous pouvez vous fier à moi.

— Voici ce que c'est, dit la petite Fadette en soulevant son panier et en le plaçant entre les jambes du père Barbeau. Ma défunte grand'mère avait gagné dans sa vie, à donner des consultations et à vendre des remèdes, plus d'argent qu'on ne pensait ; comme elle ne dépensait quasi rien et ne plaçait rien, on ne pouvait savoir ce qu'elle avait dans un vieux trou de son cellier, qu'elle m'avait souvent montré en me disant : Quand je n'y serai plus, c'est là que tu trouveras ce que j'aurai laissé : c'est ton bien et ton avoir, ainsi que celui de ton frère ; et si je vous prive un peu à présent, c'est pour que vous en trouviez davantage un jour. Mais ne laisse pas les gens de loi toucher à cela, ils te le feraient manger en frais. Garde-le quand tu le tiendras, cache-le toute ta vie, pour t'en servir sur tes vieux jours, et ne jamais manquer.

Quand ma pauvre grand'mère a été ensevelie, j'ai donc obéi à son commandement ; j'ai pris la clef du cellier, et j'ai défait les briques du mur, à l'endroit qu'elle m'avait montré. J'y ai trouvé ce que je vous apporte dans ce panier, père Barbeau, en vous priant de m'en faire le placement comme vous l'entendez, après avoir satisfait à la loi que je ne connais guère, et m'avoir préservée des gros frais que je redoute.

— Je vous suis obligé de votre confiance, Fadette, dit le père Barbeau sans ouvrir le panier, quoiqu'il en fût un peu curieux, mais je n'ai pas le droit de recevoir votre argent ni de surveiller vos affaires. Je ne suis point votre tuteur. Sans doute votre grand'mère a fait un testament ?

— Elle n'a point fait de testament, et la tutrice que la loi me donne c'est ma mère. Or vous savez que je n'ai point de ses nouvelles depuis longtemps, et que je ne sais si elle est morte ou vivante, la pauvre âme ! Après elle, je n'ai pas d'autre parenté que celle de ma marraine Fanchette, qui est une brave et honnête femme, mais tout à fait incapable de gérer mon bien et même de le conserver et de le tenir serré. Elle ne pourrait se défendre d'en parler et de le montrer à tout le monde, et je craindrais, ou qu'elle n'en fît un mauvais placement, ou qu'à force de le laisser manier par les curieux, elle ne le fît diminuer sans y prendre garde ; car, la pauvre chère marraine, elle n'est point dans le cas d'en savoir faire le compte.

— C'est donc une chose de conséquence ? dit le père Barbeau, dont les yeux s'attachaient, en dépit de lui-même, sur le couvercle du panier ; et il le prit par l'anse pour le soupeser. Mais il le trouva si lourd qu'il s'en étonna, et dit :

— Si c'est de la ferraille, il n'en faut pas beaucoup pour charger un cheval.

La petite Fadette, qui avait un esprit du diable, s'amusa en elle-même de l'envie qu'il avait de voir le panier. Elle fit mine de l'ouvrir ; mais le père Barbeau aurait cru manquer à sa dignité en la laissant faire.

— Cela ne me regarde point, dit-il, et puisque je ne puis le prendre en dépôt, je ne dois point connaître vos affaires.

— Il faut pourtant bien, père Barbeau, dit la Fadette, que vous me rendiez au moins ce petit service-là. Je ne suis pas beaucoup plus savante que ma marraine pour compter au-dessus de cent. Ensuite je ne sais pas la valeur de toutes les monnaies anciennes et nouvelles, et je ne puis me fier qu'à vous pour me dire si je suis riche ou pauvre, et pour savoir au juste le compte de mon avoir.

— Voyons donc, dit le père Barbeau qui n'y tenait plus : ce n'est pas un grand service que vous me demandez là, et je ne dois point vous le refuser.

Alors la petite Fadette releva lestement les deux couvercles du panier, et en tira deux gros sacs, chacun de la contenance de deux mille francs écus.

— Eh bien ! c'est assez gentil, lui dit le père Barbeau, et voilà une petite dot qui vous fera rechercher par plusieurs.

— Ce n'est pas le tout, dit la petite Fadette ; il y a encore là, au fond du panier, quelque petite chose que je ne connais guère.

Et elle tira une bourse de peau d'anguille, qu'elle versa dans le chapeau de père Barbeau. Il y avait cent louis d'or frappés à l'ancien coin, qui firent arrondir les yeux au brave homme ; et, quand il les eut comptés et remis dans la peau d'anguille, elle en tira une seconde de la même contenance, et puis

une troisième, et puis une quatrième, et finalement, tant en or qu'en argent et menue
monnaie, il n'y avait dans le panier pas beaucoup moins de quarante mille francs.

C'était environ le tiers en plus de tout
l'avoir que le père Barbeau possédait en bâtiments, et, comme les gens de campagne ne
réalisent guère en espèces sonnantes, jamais
il n'avait vu tant d'argent à la fois.

Si honnête homme et si peu intéressé que
soit un paysan, on ne peut pas dire que la
vue de l'argent lui fasse de la peine ; aussi le
père Barbeau en eut, pour un moment, la
sueur au front. Quand il eut tout compté :

— Il ne te manque, pour avoir quarante
fois mille francs, dit-il, que vingt-deux écus,
et autant dire que tu hérites pour ta part de
deux mille belles pistoles sonnantes ; ce qui
fait que tu es le plus beau parti du pays,
petite Fadette, et que ton frère, le sauteriot,
peut bien être chétif et boiteux toute sa vie :
il pourra aller visiter ses biens en carriole.
Réjouis-toi donc, tu peux te dire riche et le
faire assavoir, si tu désires trouver vite un
beau mari.

— Je n'en suis point pressée, dit la petite
Fadette, et je vous demande, au contraire de
me garder le secret sur cette richesse-là, père
Barbeau. J'ai la fantaisie, laide comme je
suis, de ne point être épousée pour mon
argent, mais pour mon bon cœur et ma
bonne renommée ; et comme j'en ai une
mauvaise dans ce pays-ci, je désire y passer
quelque temps pour qu'on s'aperçoive que je
ne la mérite point.

— Quant à votre laideur, Fadette, dit le père Barbeau en relevant ses yeux qui n'avaient point encore lâché de couver le panier, je puis vous dire, en conscience, que vous en avez diantrement rappelé, et que vous vous êtes si bien refaite à la ville que vous pouvez passer à cette heure pour une très-gente fille. Et quant à votre mauvaise renommée, si, comme j'aime à le croire, vous ne la méritez point, j'approuve votre idée de tarder un peu et de cacher votre richesse, car il ne manque point de gens qu'elle éblouirait jusqu'à vouloir vous épouser, sans avoir pour vous, au préalable, l'estime d'une femme doit désirer de son mari.

Maintenant, quant au dépôt que vous voulez faire entre mes mains, ce serait contre la loi et pourrait m'exposer plus tard à des soupçons et à des incriminations, car il ne manque point de mauvaises langues ; et, d'ailleurs, à supposer que vous ayez le droit de disposer de ce qui est à vous, vous n'avez point celui de placer à la légère ce qui est à votre frère mineur. Tout ce que je pourrais faire, ce sera de demander une consultation pour vous, sans vous nommer. Je vous ferai savoir alors la manière de mettre en sûreté et en bon rapport l'héritage de votre mère et le vôtre, sans passer par les mains des hommes de chicane, qui ne sont pas tous bien fidèles. Remportez donc tout ça, et cachez-le encore jusqu'à ce que je vous aie fait réponse. Je m'offre à vous dans l'occasion, pour porter témoignage devant les mandataires de votre cohéritier, du chiffre de la somme que nous avons comptée, et que je vais écrire dans un coin de ma grange pour ne pas l'oublier.

C'était tout ce que voulait la petite Fadette, que le père Barbeau sût à quoi s'en tenir là-dessus. Si elle se sentait un peu fière devant lui d'être riche, c'est parce qu'il ne pouvait plus l'accuser de vouloir exploiter Landry.

XXXIV

Le père Barbeau, le voyant si prudente, et
comprenant combien elle était fine, se
pressa moins de lui faire son dépôt et son
placement, que de s'enquérir de la réputation qu'elle s'était acquise à Château-Meillant, où elle avait passé l'année. Car, si
cette belle dot le tentait et lui faisait passer
par-dessus la mauvaise parenté, il n'en était
pas de même quand il s'agissait de l'honneur de la fille qu'il souhaitait avoir pour
bru. Il alla donc lui-même à Château-Meillant, et prit ses informations en conscience.
Il lui fut dit que non-seulement la petite
Fadette n'y était point venue enceinte et n'y
avait point fait d'enfant, mais encore
qu'elle s'y était si bien comportée qu'il n'y
avait point le plus petit blâme à lui donner.
Elle avait servi une vieille religieuse noble,
laquelle avait pris plaisir à en faire sa
société plus que sa domestique, tant elle
l'avait trouvée de bonne conduite, de
bonnes mœurs et de bon raisonnement.
Elle la regrettait beaucoup, et disait que

c'était une parfaite chrétienne, courageuse, économe, propre, soigneuse, et d'un si aimable caractère qu'elle n'en retrouverait jamais une pareille. Et comme cette vieille dame était assez riche, elle faisait de grandes charités, en quoi la petite Fadette la secondait merveilleusement pour soigner les malades, préparer les médicaments, et s'instruire de plusieurs beaux secrets que sa maîtresse avait appris dans son couvent, avant la révolution.

Le père Barbeau fut bien content, et il revint à la Cosse, décidé à éclaircir la chose jusqu'au bout. Il assembla sa famille et chargea ses enfants aînés, ses frères, et toutes ses parentes, de procéder prudemment à une enquête sur la conduite que la petite Fadette avait tenue depuis qu'elle était en âge de raison, afin que, si tout le mal qu'on avait dit d'elle n'avait pour cause que des enfantillages, on pût s'en moquer ; au lieu que si quelqu'un pouvait affirmer l'avoir vue commettre une mauvaise action ou faire une chose indécente, il eût à maintenir contre elle la défense qu'il avait faite à Landry de la fréquenter. L'enquête fut faite avec la prudence qu'il souhaitait, et sans que la question de dot fût ébruitée, car il n'en avait dit mot, même à sa femme.

Pendant ce temps-là, la petite Fadette vivait très-retirée dans sa petite maison, où elle ne voulut rien changer, sinon de la tenir si propre qu'on se fût miré dans ses pauvres meubles. Elle fit habiller proprement son petit sauteriot, et, sans le faire

paraître, elle le mit, ainsi qu'elle-même et
sa marraine, à une bonne nourriture, qui
fit vivement son effet sur l'enfant ; il se refit
du mieux qu'il était possible, et sa santé fut
bientôt aussi bonne qu'on pouvait le souhaiter. Le bonheur amenda vite aussi son
tempérament ; et, n'étant plus menacé et
tancé par sa grand'mère, ne rencontrant
plus que des caresses, des paroles douces et
de bons traitements, il devint un gars fort
mignon, tout plein de petites idées drôles et
aimables, et ne pouvant plus déplaire à personne, malgré sa boiterie et son petit nez
camard.

Et, d'autre part, il y avait un si grand
changement dans la personne et dans les
habitudes de Fanchon Fadet, que les
méchants propos furent oubliés, et que
plus d'un garçon, en la voyant marcher si
légère et de si belle grâce, eût souhaité
qu'elle fût à la fin de son deuil, afin de
pouvoir la courtiser et la faire danser.

Il n'y avait que Sylvinet Barbeau qui n'en
voulût point revenir sur son compte. Il
voyait bien qu'on manigançait quelque
chose à propos d'elle dans sa famille, car le
père ne pouvait se tenir d'en parler
souvent, et quand il avait reçu rétractation
de quelque ancien mensonge fait sur le
compte de Fanchon, il s'en applaudissait
dans l'intérêt de Landry, disant qu'il ne
pouvait souffrir qu'on eût accusé son fils
d'avoir mis à mal une jeunesse innocente.

Et l'on parlait aussi du prochain retour
de Landry, et le père Barbeau paraissait

souhaiter que la chose fût agréée du père
Caillaud. Enfin Sylvinet voyait bien qu'on
ne serait plus si contraire aux amours de
Landry, et le chagrin lui revint. L'opinion,
qui vire à tout vent, était depuis peu en
faveur de la Fadette ; on ne la croyait pas
riche, mais elle plaisait, et, pour cela, elle
déplaisait d'autant plus à Sylvinet, qui
voyait en elle la rivale de son amour pour
Landry.

De temps en temps le père Barbeau laissait échapper devant lui le mot de mariage,
et disait que ses bessons ne tarderaient pas
à être en âge d'y penser. Le mariage de
Landry avait toujours été une idée déso-
lante à Sylvinet, et comme le dernier mot
de leur séparation. Il reprit les fièvres, et la
mère consulta encore les médecins.

Un jour, elle rencontra la marraine Fanchette, qui, l'entendant se lamenter dans
son inquiétude, lui demanda pourquoi elle
allait consulter si loin et dépenser tant
d'argent, quand elle avait sous la main une
remégeuse plus habile que toutes celles du
pays, et qui ne voulait point exercer pour
de l'argent, comme l'avait fait sa
grand'mère, mais pour le seul amour du
bon Dieu et du prochain. Et elle nomma la
petite Fadette.

La mère Barbeau en parla à son mari, qui
n'y fut point contraire. Il lui dit qu'à Château-Meillant la Fadette était tenue en
réputation de grand savoir, et que de tous
les côtés on venait la consulter aussi bien
que sa dame.

La mère Barbeau pria donc la Fadette de venir voir Sylvinet, qui gardait le lit, et de lui donner son assistance.

Fanchon avait cherché plus d'une fois l'occasion de lui parler, ainsi qu'elle l'avait promis à Landry, et jamais il ne s'y était prêté. Elle ne se fit donc pas semondre et courut voir le pauvre besson. Elle le trouva endormi dans la fièvre, et pria la famille de la laisser seule avec lui. Comme c'est la coutume des remégeuses d'agir en secret, personne ne la contraria et ne resta dans la chambre.

D'abord, la Fadette posa sa main sur celle du besson, qui pendait sur le bord du lit ; mais elle le fit si doucement, qu'il ne s'en aperçut pas, encore qu'il eût le sommeil si léger qu'une mouche, en volant, l'éveillait. La main de Sylvinet était chaude comme du feu, et elle devint plus chaude encore dans celle de la petite Fadette. Il montra de l'agitation, mais sans essayer de retirer sa main. Alors, la Fadette lui mit son autre main sur le front, aussi doucement que la première fois, et il s'agita encore plus. Mais, peu à peu, il se calma, et elle sentit que la tête et la main de son malade se rafraîchissaient de minute en minute et que son sommeil devenait aussi calme que celui d'un petit enfant. Elle resta ainsi auprès de lui jusqu'à ce qu'elle le vit disposé à s'éveiller ; et alors elle se retira derrière son rideau, et sortit de la chambre et de la maison, en disant à la mère Barbeau :

— Allez voir votre garçon et donnez-lui

quelque chose à manger, car il n'a plus la
fièvre ; et ne lui parlez point de moi surtout, si vous voulez que je le guérisse. Je
reviendrai ce soir, à l'heure où vous m'avez
dit que son mal empirait, et je tâcherai de
couper encore cette mauvaise fièvre.

XXXV

La mère Barbeau fut bien étonnée de voir
Sylvinet sans fièvre, et elle lui donna vivement à manger, dont il profita avec un peu
d'appétit. Et, comme il y avait six jours que
cette fièvre ne l'avait point lâché, et qu'il
n'avait rien voulu prendre, on s'extasia beaucoup sur le savoir de la petite Fadette, qui,
sans l'éveiller, sans lui rien faire boire, et par
la seule vertu de ses conjurations, à ce que
l'on pensait, l'avait déjà mis en si bon chemin.

Le soir venu, la fièvre recommença, et
bien fort. Sylvinet s'assoupissait, battait la
campagne en rêvassant, et, quand il s'éveillait, avait peur des gens qui étaient autour de
lui.

La Fadette revint, et, comme le matin,
resta seule avec lui pendant une petite heure,
ne faisant d'autre magie que de lui tenir les
mains et la tête bien doucement, et de respi-
rer fraîchement auprès de sa figure en feu.

Et, comme le matin, elle lui ôta le délire et
la fièvre ; et quand elle se retira, recomman-

dant toujours qu'on ne parlât point à Sylvinet de son assistance, on le trouva dormant d'un sommeil paisible, n'ayant plus la figure rouge et ne paraissant plus malade.

Je ne sais où la Fadette avait pris cette idée-là. Elle lui était venue par hasard et par expérience, auprès de son petit frère Jeanet, qu'elle avait plus de dix fois ramené de l'article de la mort en ne lui faisant pas d'autre remède que de le rafraîchir avec ses mains et son haleine, ou le réchauffer de la même manière quand la grand'fièvre le prenait en froid. Elle s'imaginait que l'amitié et la volonté d'une personne en bonne santé, et l'attouchement d'une main pure et bien vivante, peuvent écarter le mal, quand cette personne est douée d'un certain esprit et d'une grande confiance dans la bonté de Dieu. Aussi, tout le temps qu'elle imposait les mains, disait-elle en son âme de belles prières au bon Dieu. Et ce qu'elle avait fait pour son frère, ce qu'elle faisait maintenant pour le frère de Landry, elle n'eût voulu l'essayer sur aucune autre personne qui lui eût été moins chère, et à qui elle n'eût point porté un si grand intérêt : car elle pensait que la première vertu de ce remède-là, c'était la forte amitié que l'on offrait dans son cœur au malade, sans laquelle Dieu ne vous donnait aucun pouvoir sur son mal.

Et lorsque la petite Fadette charmait ainsi la fièvre de Sylvinet, elle disait à Dieu, dans sa prière, ce qu'elle lui avait dit lorsqu'elle charmait la fièvre de son frère : — Mon bon Dieu, faites que ma santé passe de mon corps dans ce corps souffrant, et comme le doux Jésus vous a offert sa vie pour racheter l'âme de tous les humains, si telle est votre volonté de m'ôter ma vie pour la donner à ce malade, prenez-la ; je vous la rends de bon cœur en échange de sa guérison que je vous demande.

La petite Fadette avait bien songé à essayer la vertu de cette prière auprès du lit de mort de sa grand'mère ; mais elle ne l'avait osé, parce qu'il lui avait semblé que la vie de l'âme et du corps s'éteignaient dans cette vieille femme, par l'effet de l'âge et de la loi de nature qui est la propre volonté de Dieu. Et la petite Fadette, qui mettait, comme on le voit, plus de religion que de diablerie dans ses charmes, eût craint de lui déplaire en lui demandant une chose qu'il n'avait point coutume d'accorder sans miracle aux autres chrétiens.

Que le remède fût inutile ou souverain de lui-même, il est bien sûr, qu'en trois jours, elle débarrassa Sylvinet de sa fièvre, et qu'il n'eût jamais su comment, si en s'éveillant un peu vite, la dernière fois qu'elle vint, il ne l'eût vue penchée sur lui et lui retirant tout doucement ses mains.

D'abord il crut que c'était une apparition, et il referma les yeux pour ne la point voir ; mais, ayant demandé ensuite à sa mère si la Fadette ne l'avait point tâté à la tête et au pouls, ou si c'était un rêve qu'il avait fait, la mère Barbeau, à qui son mari avait touché enfin quelque chose de ses projets et qui souhaitait voir Sylvinet revenir de son

déplaisir envers elle, lui répondit qu'elle était
venue en effet, trois jours durant, matin et
soir, et qu'elle lui avait merveilleusement
coupé sa fièvre en le soignant en secret.

Sylvinet parut n'en rien croire ; il dit que
sa fièvre s'en était allée d'elle-même, et que
les paroles et secrets de la Fadette n'étaient
que vanités et folies ; il resta bien tranquille
et bien portant pendant quelques jours, et le
père Barbeau crut devoir en profiter pour lui
dire quelque chose de la possibilité du
mariage de son frère, sans toutefois nommer
la personne qu'il avait en vue.

— Vous n'avez pas besoin de me cacher le
nom de la future que vous lui destinez,
répondit Sylvinet. Je sais bien, moi, que c'est
cette Fadette qui vous a tous charmés.

En effet, l'enquête secrète du père Barbeau
avait été si favorable à la petite Fadette, qu'il
n'avait plus d'hésitation et qu'il souhaitait
grandement pouvoir rappeler Landry. Il ne
craignait plus que la jalousie du besson, et il
s'efforçait à le guérir de ce travers, en lui
disant que son frère ne serait jamais heureux
sans la petite Fadette. Sur quoi Sylvinet
répondait :

— Faites donc, car il faut que mon frère
soit heureux.

Mais on n'osait pas encore, parce que Sylvinet retombait dans sa fièvre aussitôt qu'il
paraissait avoir agréé la chose.

XXXVI

Cependant le père Barbeau avait peur que
la petite Fadette ne lui gardât rancune de ses
injustices passées, et que, s'étant consolée de
l'absence de Landry, elle ne songeât à quelque autre. Lorsqu'elle était venue à la Bessonnière pour soigner Sylvinet, il avait
essayé de lui parler de Landry ; mais elle
avait fait semblant de ne pas entendre, et il
se voyait bien embarrassé.

Enfin, un matin, il prit sa résolution et alla
trouver la petite Fadette.

— Fanchon Fadet, lui dit-il, je viens vous
faire une question à laquelle je vous prie de
me donner réponse en tout honneur et
vérité. Avant le décès de votre grand'mère,
aviez-vous idée des grands biens qu'elle
devait vous laisser ?

— Oui, père Barbeau, répondit la petite
Fadette, j'en avais quelque idée, parce que je
l'avais vue souvent compter de l'or et de
l'argent, et que je n'avais jamais vu sortir de
la maison que des gros sous ; et aussi parce
qu'elle m'avait dit souvent, quand les autres

jeunesses se moquaient de mes guenilles : —
Ne t'inquiètes pas de ça, petite. Tu seras plus
riche qu'elles toutes, et un jour arrivera où tu
pourras être habillée de soie depuis les pieds
jusqu'à la tête, si tel est ton plaisir.

— Et alors, reprit le père Barbeau, aviez-
vous fait savoir la chose à Landry, et ne
serait-ce point à cause de votre argent que
mon fils faisait semblant d'être épris de
vous ?

— Pour cela, père Barbeau, répondit la
petite Fadette, ayant toujours eu l'idée d'être
aimée pour mes beaux yeux, qui sont la seule
chose qu'on ne m'ait jamais refusée, je
n'étais pas assez sotte pour aller dire à Landry que mes beaux yeux étaient dans des
sacs de peau d'anguille ; et pourtant, j'aurais
pu le lui dire sans danger pour moi ; car
Landry m'aimait si honnêtement, et d'un si
grand cœur, que jamais il ne s'est inquiété de
savoir si j'étais riche ou misérable.

— Et depuis que votre mère-grand est
décédée, ma chère Fanchon, reprit le père
Barbeau, pouvez-vous me donner votre
parole d'honneur que Landry n'a point été
informé par vous, ou par quelque autre, de
ce qui en est ?

— Je vous la donne, dit la Fadette. Aussi
vrai que j'aime Dieu, vous êtes, après moi, la
seule personne au monde qui ait connaissance de cette chose-là.

— Et, pour ce qui est de l'amour de Landry, pensez-vous, Fanchon, qu'il vous l'ait
conservé ? et avez-vous reçu, depuis le décès
de votre grand'mère, quelque marque qu'il
ne vous ait point été infidèle ?

— J'ai reçu la meilleure marque là-dessus, répondit-elle ; car je vous confesse qu'il est venu me voir trois jours après le décès, qu'il m'a juré qu'il mourrait de chagrin, ou qu'il m'aurait pour sa femme.

— Et vous, Fadette, que lui répondiez-vous ?

— Cela, père Barbeau, je ne serais pas obligée de vous le dire ; mais je le ferai pour vous contenter. Je lui répondais que nous avions encore le temps de songer au mariage, et que je ne me déciderais pas volontiers pour un garçon qui me ferait la cour contre le gré de ses parents.

Et comme la petite Fadette disait cela d'un ton assez fier et dégagé, le père Barbeau en fut inquiet. — Je n'ai pas le droit de vous interroger, Fanchon Fadet, dit-il, et je ne sais point si vous avez l'intention de rendre mon fils heureux ou malheureux pour toute sa vie ; mais je sais qu'il vous aime terrible-ment, et si j'étais en votre lieu, avec l'idée que vous avez d'être aimée pour vous-même, je me dirais : Landry Barbeau m'a aimée quand je portais des guenilles, quand tout le monde me repoussait, et quand ses parents eux-mêmes avaient le tort de lui en faire un grand péché. Il m'a trouvée belle quand tout le monde me déniait l'espérance de le deve-nir ; il m'a aimée en dépit des peines que cet amour-là lui suscitait ; il m'a aimée absente comme présente : enfin, il m'a si bien aimée que je ne peux pas me méfier de lui, et que je n'en veux jamais avoir d'autre pour mari.

— Il y a longtemps que je me suis dit tout

cela, père Barbeau, répondit la petite
Fadette ; mais, je vous le répète, j'aurais la
plus grande répugnance à entrer dans une
famille qui rougirait de moi et ne céderait
que par faiblesse et compassion.

— Si ce n'est que cela qui vous retient,
décidez-vous, Fanchon, reprit le père Barbeau ; car la famille de Landry vous estime
et vous désire. Ne croyez point qu'elle a
changé parce que vous êtes riche. Ce n'est
point la pauvreté qui nous répugnait de
vous, mais les mauvais propos tenus sur
votre compte. S'ils avaient été bien fondés,
jamais, mon Landry eût-il dû en mourir, je
n'aurais consenti à vous appeler ma bru ;
mais j'ai voulu avoir raison de tous ces pro-
pos-là ; j'ai été à Château-Meillant tout
exprès ; je me suis enquis de la moindre
chose dans ce pays-là et dans le nôtre, et
maintenant je reconnais qu'on m'avait menti
et que vous êtes une personne sage et honnête, ainsi que Landry l'affirmait avec tant
de feu. Par ainsi, Fanchon Fadet, je viens
vous demander d'épouser mon fils, et si vous
dites *oui*, il sera ici dans huit jours.

Cette ouverture, qu'elle avait bien prévue,
rendit la petite Fadette bien contente ; mais
ne voulant pas trop le laisser voir, parce
qu'elle voulait à tout jamais être respectée de
sa future famille, elle n'y répondit qu'avec
ménagement. Et alors le père Barbeau lui
dit :

— Je vois, ma fille, qu'il vous reste quelque chose sur le cœur contre moi et contre
les miens. N'exigez pas qu'un homme d'âge

vous fasse des excuses ; contentez-vous
d'une bonne parole, et, quand je vous dis que
vous serez aimée et estimée chez nous, rap-
portez-vous-en au père Barbeau, qui n'a
encore trompé personne. Allons, voulez-vous
donner le baiser de paix au tuteur que vous
vous étiez choisi, ou au père qui veut vous
adopter ?

La petite Fadette ne put se défendre plus
longtemps ; elle jeta ses deux bras autour du
cou du père Barbeau ; et son vieux cœur en
fut tout réjoui.

XXXVII

Leurs conventions furent bientôt faites. Le mariage aurait lieu sitôt la fin du deuil de Fanchon ; il ne s'agissait plus que de faire revenir Landry ; mais quand la mère Barbeau vint voir Fanchon le soir même, pour l'embrasser et lui donner sa bénédiction, elle objecta qu'à la nouvelle du prochain mariage de son frère, Sylvinet était retombé malade, et elle demandait qu'on attendît encore quelques jours pour le guérir ou le consoler.

— Vous avez fait une faute, mère Barbeau, dit la petite Fadette, en confirmant à Sylvinet qu'il n'avait point rêvé en me voyant à son côté au sortir de sa fièvre. A présent, son idée contrariera la mienne, et je n'aurai plus la même vertu pour le guérir pendant son sommeil. Il se peut même qu'il me repousse et que ma présence empire son mal.

— Je ne le pense point, répondit la mère Barbeau ; car tantôt, se sentant mal, il s'est couché en disant : « Où est donc cette Fadette ? M'est avis qu'elle m'avait soulagé.

Est-ce qu'elle ne reviendra plus ? » Et je lui
ai dit que je venais vous chercher, dont il a
paru content et même impatient.

— J'y vais, répondit la Fadette ; seulement, cette fois, il faudra que je m'y prenne
autrement ; car, je vous le dis, ce qui me
réussissait avec lui lorsqu'il ne me savait
point là, n'opérera plus.

— Et ne prenez-vous donc avec vous ni
drogues ni remèdes ? dit la mère Barbeau.

— Non, dit la Fadette : son corps n'est pas
bien malade, c'est à son esprit que j'ai
affaire ; je vas essayer d'y faire entrer le
mien ; mais je ne vous promets point de
réussir. Ce que je puis vous promettre, c'est
d'attendre patiemment le retour de Landry
et de ne pas vous demander de l'avertir avant
que nous n'ayons tout fait pour ramener son
frère à la santé. Landry me l'a si fortement
recommandé que je sais qu'il m'approuvera
d'avoir retardé son retour et son contentement.

Quand Sylvinet vit la petite Fadette auprès
de son lit, il parut mécontent et ne lui voulut
point répondre comment il se trouvait. Elle
voulait lui toucher le pouls, mais il retira sa
main, et tourna sa figure du côté de la ruelle
du lit. Alors la Fadette fit signe qu'on la
laissât seule avec lui, et, quand tout le
monde fut sorti, elle éteignit la lampe et ne
laissa entrer dans la chambre que la clarté
de la lune, qui était toute pleine dans ce
moment-là. Et puis elle revint auprès de Sylvinet, et lui dit, d'un ton de commandement
auquel il obéit comme un enfant :

— Sylvinet, donnez-moi vos deux mains dans les miennes, et répondez-moi selon la vérité ; car je ne me suis pas dérangée pour de l'argent, et, si j'ai pris la peine de venir vous soigner, ce n'est pas pour être mal reçue et mal remerciée de vous. Faites donc attention à ce que je vas vous demander et à ce que vous allez me dire, car il ne vous serait pas possible de me tromper.

— Demandez-moi ce que vous jugerez à propos, Fadette, répondit le besson, tout essoti de s'entendre parler si sévèrement par cette moqueuse de petite Fadette, à laquelle, au temps passé, il avait si souvent répondu à coups de pierres.

— Sylvain Barbeau, reprit-elle, il paraît que vous souhaitez mourir.

Sylvinet trébucha un peu dans son esprit avant de répondre, et comme la Fadette lui serrait la main un peu fort et lui faisait sentir sa grande volonté, il dit avec beaucoup de confusion :

— Ne serait-ce pas ce qui pourrait m'arriver de plus heureux, de mourir, lorsque je vois bien que je suis une peine et un embarras à ma famille par ma mauvaise santé et par...

— Dites tout, Sylvain, il ne faut rien celer.

— Et par mon esprit soucieux que je ne puis changer, reprit le besson tout accablé.

— Et aussi par votre mauvais cœur, dit la Fadette d'un ton si dur qu'il en eut de la colère et de la peur encore plus.

XXXVIII

— Pourquoi m'accusez-vous d'avoir un mauvais cœur ? dit-il ; vous me dites des injures, quand vous voyez que je n'ai pas la force de me défendre.

— Je vous dis vos vérités, Sylvain, reprit la Fadette, et je vais vous en dire bien d'autres. Je n'ai aucune pitié de votre maladie, parce que je m'y connais assez pour voir qu'elle n'est pas bien sérieuse, et que, s'il y a un danger pour vous, c'est celui de devenir fou, à quoi vous tentez de votre mieux, sans savoir où vous mènent votre malice et votre faiblesse d'esprit.

— Reprochez-moi ma faiblesse d'esprit, dit Sylvinet ; mais quant à ma malice, c'est un reproche que je ne crois point mériter.

— N'essayez pas de vous défendre, répondit la petite Fadette ; je vous connais un peu mieux que vous ne vous connaissez vous-même, Sylvain, et je vous dis que la faiblesse engendre la fausseté ; et c'est pour cela que vous êtes égoïste et ingrat.

— Si vous pensez si mal de moi, Fanchon

Fadet, c'est sans doute que mon frère Landry
m'a bien maltraité dans ses paroles, et qu'il
vous a fait voir le peu d'amitié qu'il me portait, car, si vous me connaissez ou croyez me
connaître, ce ne peut être que par lui.

— Voilà où je vous attendais, Sylvain. Je
savais bien que vous ne me diriez pas trois
paroles sans vous plaindre de votre besson et
sans l'accuser ; car l'amitié que vous avez
pour lui, pour être trop folle et désordonnée,
tend à se changer en dépit et en rancune. A
cela je connais que vous êtes à moitié fou, et
que vous n'êtes point bon. Eh bien ! je vous
dis, moi, que Landry vous aime dix mille fois
plus que vous ne l'aimez, à preuve qu'il ne
vous reproche jamais rien, quelque chose
que vous lui fassiez souffrir, tandis que vous
lui reprochez toutes choses, alors qu'il ne
fait que vous céder et vous servir. Comment
voulez-vous que je ne voie pas la différence
entre lui et vous ? Aussi, plus Landry m'a dit
de bien de vous, plus de mal j'en ai pensé,
parce que j'ai considéré qu'un frère si bon ne
pouvait être méconnu que par une âme
injuste.

— Aussi, vous me haïssez, Fadette ? je ne
m'étais point abusé là-dessus, et je savais
bien que vous m'ôtiez l'amour de mon frère
en lui disant du mal de moi.

— Je vous attendais encore là, maître Sylvain, et je suis contente que vous me preniez
enfin à partie. Eh bien ! je vas vous répondre
que vous êtes un méchant cœur et un enfant
du mensonge, puisque vous méconnaissez et
insultez une personne qui vous a toujours

servi et défendu dans son cœur, connaissant pourtant bien que vous lui étiez contraire ; une personne qui s'est cent fois privée du plus grand et du seul plaisir qu'elle eût au monde, le plaisir de voir Landry et de rester avec lui, pour envoyer Landry auprès de vous et pour vous donner le bonheur qu'elle se retirait. Je ne vous devais pourtant rien. Vous avez toujours été mon ennemi, et, du plus loin que je me souvienne, je n'ai jamais rencontré un enfant si dur et si hautain que vous l'étiez avec moi. J'aurais pu souhaiter d'en tirer vengeance et l'occasion ne m'a pas manqué. Si je ne l'ai point fait et si je vous ai rendu à votre insu le bien pour le mal, c'est que j'ai une grande idée de ce qu'une âme chrétienne doit pardonner à son prochain pour plaire à Dieu. Mais, quand je vous parle de Dieu, sans doute vous ne m'entendez guère, car vous êtes son ennemi et celui de votre salut.

— Je me laisse dire par vous bien des choses, Fadette ; mais celle-ci est trop forte, et vous m'accusez d'être un païen.

— Est-ce que vous ne m'avez pas dit tout à l'heure que vous souhaitiez la mort ? Et croyez-vous que ce soit là une idée chrétienne ?

— Je n'ai pas dit cela, Fadette, j'ai dit que... Et Sylvinet s'arrêta tout effrayé en songeant à ce qu'il avait dit, et qui lui paraissait impie devant les remontrances de la Fadette.

Mais elle ne le laissa point tranquille, et, continuant à le tancer :

— Il se peut, dit-elle, que votre parole fût

plus mauvaise que votre idée, car j'ai bien
dans la mienne que vous ne souhaitez point
tant la mort qu'il vous plaît de le laisser
croire afin de rester maître dans votre
famille, de tourmenter votre pauvre mère
qui s'en désole, et votre besson qui est assez
simple pour croire que vous voulez mettre
fin à vos jours. Moi, je ne suis pas votre
dupe, Sylvain. Je crois que vous craignez la
mort autant et même plus qu'un autre, et
que vous vous faites un jeu de la peur que
vous donnez à ceux qui vous chérissent. Cela
vous plaît de voir que les résolutions les plus
sages et les plus nécessaires cèdent toujours
devant la menace que vous faites de quitter
la vie ; et, en effet, c'est fort commode et fort
doux de n'avoir qu'un mot à dire pour faire
tout plier autour de soi. De cette manière,
vous êtes le maître à tous ici. Mais, comme
cela est contre nature, et que vous y arrivez
par des moyens que Dieu réprouve, Dieu
vous châtie, vous rendant encore plus malheureux que vous ne le seriez en obéissant
au lieu de commander. Et voilà que vous
vous ennuyez d'une vie qu'on vous a faite
trop douce. Je vais vous dire ce qui vous a
manqué pour être un bon et sage garçon,
Sylvain. C'est d'avoir eu des parents bien
rudes, beaucoup de misère, pas de pain tous
les jours et des coups bien souvent. Si vous
aviez été élevé à la même école que moi et
mon frère Jeanet, au lieu d'être ingrat, vous
seriez reconnaissant de la moindre chose.
Tenez, Sylvain, ne vous retranchez pas sur
votre bessonnerie. Je sais qu'on a beaucoup

trop dit autour de vous que cette amitié bessonnière était une loi de nature qui devait
vous faire mourir si on la contrariait, et vous
avez cru obéir à votre sort en portant cette
amitié à l'excès ; mais Dieu n'est pas si
injuste que de nous marquer pour un mauvais sort dans le ventre de nos mères. Il n'est
pas si méchant que de nous donner des idées
que nous ne pourrions jamais surmonter, et
vous lui faites injure, comme un supersti-
tieux que vous êtes, en croyant qu'il y a dans
le sang de votre corps plus de force et de
mauvaise destinée qu'il n'y a dans votre
esprit de résistance et de raison. Jamais, à
moins que vous ne soyez fou, je ne croirai
que vous ne pourriez pas combattre votre
jalousie, si vous le vouliez. Mais vous ne le
voulez pas, parce qu'on a trop caressé le vice
de votre âme, et que vous estimez moins
votre devoir que votre fantaisie.

Sylvinet ne répondit rien et laissa la
Fadette le réprimander bien longtemps
encore sans lui faire grâce d'aucun blâme. Il
sentait qu'elle avait raison au fond, et qu'elle
ne manquait d'indulgence que sur un point :
c'est qu'elle avait l'air de croire qu'il n'avait
jamais combattu son mal et qu'il s'était bien
rendu compte de son égoïsme ; tandis qu'il
avait été égoïste sans le vouloir et sans le
savoir. Cela le peinait et l'humiliait beaucoup, et il eût souhaité lui donner une meilleure idée de sa conscience. Quant à elle, elle
savait bien qu'elle exagérait, et elle faisait à
dessein de lui tarabuster beaucoup l'esprit
avant le prendre par la douceur et la conso-

lation. Elle se forçait donc pour lui parler durement et pour lui paraître en colère, tandis que, dans son cœur, elle sentait tant de pitié et d'amitié pour lui, qu'elle était malade de sa feinte, et qu'elle le quitta plus fatiguée qu'elle ne le laissait.

XXXIX

La vérité est que Sylvinet n'était pas moitié si malade qu'il le paraissait et qu'il se plaisait à le croire. La petite Fadette, en lui touchant le pouls, avait reconnu d'abord que la fièvre n'était pas forte, et que s'il avait un peu de délire, c'est que son esprit était plus malade et plus affaibli que son corps. Elle crut donc devoir le prendre par l'esprit en lui donnant d'elle une grande crainte, et dès le jour, elle retourna auprès de lui. Il n'avait guère dormi, mais il était tranquille et comme abattu. Sitôt qu'il la vit, il lui tendit sa main, au lieu de la lui retirer comme il avait fait la veille.

— Pourquoi m'offrez-vous votre main, Sylvain ? lui dit-elle ; est-ce pour que j'examine votre fièvre ? Je vois bien à votre figure que vous ne l'avez plus.

Sylvinet, honteux d'avoir à retirer sa main qu'elle n'avait point voulu toucher, lui dit ;

— C'était pour vous dire bonjour, Fadette, et pour vous remercier de tant de peine que vous prenez pour moi.

— En ce cas, j'accepte votre bonjour, dit-elle en lui prenant la main et en la gardant dans la sienne ; car jamais je ne repousse une honnêteté, et je ne vous crois point assez faux pour me marquer de l'intérêt si vous n'en sentiez pas un peu pour moi.

Sylvain ressentit un grand bien, quoique tout éveillé, d'avoir sa main dans celle de la Fadette, et il lui dit d'un ton très-doux :

— Vous m'avez pourtant bien malmené hier au soir, Fanchon, et je ne sais comment il se fait que je ne vous en veux point. Je vous trouve même bien bonne de venir me voir, après tout ce que vous avez à me reprocher.

La Fadette s'assit auprès de son lit et lui parla tout autrement qu'elle n'avait fait la veille ; elle y mit tant de bonté, tant de douceur et de tendresse, que Sylvain en éprouva un soulagement et un plaisir d'autant plus grands qu'il l'avait jugée plus courroucée contre lui. Il pleura beaucoup, se confessa de tous ses torts et lui demanda même son pardon et son amitié avec tant d'esprit et d'honnêteté, qu'elle reconnut bien qu'il avait le cœur meilleur que la tête. Elle le laissa s'épancher, le grondant encore quelquefois, et, quand elle voulait quitter sa main, il la retenait, parce qu'il lui semblait que cette main le guérissait de sa maladie et de son chagrin en même temps.

Quand elle le vit au point où elle le voulait, elle lui dit :

— Je vais sortir, et vous vous lèverez, Sylvain, car vous n'avez plus la fièvre, et il ne faut pas rester à vous dorloter, tandis que votre mère se fatigue à vous servir et perd son temps à vous tenir compagnie. Vous mangerez ensuite ce que votre mère vous présentera de ma part. C'est de la viande, et je sais que vous vous en dites dégoûté, et que vous ne vivez plus que de mauvais herbages. Mais il n'importe, vous vous forcerez, et, quand même vous y auriez de la répugnance, vous n'en ferez rien paraître. Cela fera plaisir à votre mère de vous voir manger du solide ; et quant à vous, la répugnance que vous aurez surmontée et cachée sera moindre la prochaine fois, et nulle la troisième. Vous verrez si je me trompe. Adieu donc, et qu'on ne me fasse pas revenir de sitôt pour vous, car je sais que vous ne serez plus malade si vous ne voulez plus l'être.

— Vous ne reviendrez donc pas ce soir ? dit Sylvinet. J'aurais cru que vous reviendriez.

— Je ne suis pas médecin pour de l'argent, Sylvain, et j'ai autre chose à faire que de vous soigner quand vous n'êtes pas malade.

— Vous avez raison, Fadette ; mais le désir de vous voir, vous croyez que c'était encore de l'égoïsme : c'était autre chose, j'avais du soulagement à causer avec vous.

— Eh bien, vous n'êtes pas impotent, et vous connaissez ma demeurance. Vous n'ignorez pas que je vais être votre sœur par le mariage, comme je le suis déjà par l'amitié ; vous pouvez donc bien venir causer avec moi, sans qu'il y ait à cela rien de répréhensible.

— J'irai, puisque vous l'agréez, dit Sylvinet. A revoir donc, Fadette ; je vas me lever, quoique j'aie un grand mal de tête, pour n'avoir point dormi et m'être bien désolé toute la nuit.

— Je veux bien vous ôter encore ce mal de tête, dit-elle ; mais songez que ce sera le dernier, et que je vous commande de bien dormir la prochaine nuit.

Elle lui imposa la main sur le front, et, au bout de cinq minutes, il se trouva si rafraîchi et si consolé qu'il ne se sentait plus aucun mal.

— Je vois bien, lui dit-il, que j'avais tort de m'y refuser, Fadette ; car vous êtes grande remégeuse, et vous savez charmer la maladie. Tous les autres m'ont fait du mal par leurs drogues, et vous, rien que de me toucher, vous me guérissez ; je pense que si je pouvais toujours être auprès de vous, vous m'empêcheriez d'être jamais malade ou fautif. Mais, dites-moi, Fadette, n'êtes-vous plus fâchée contre moi ? et voulez-vous compter sur la parole que je vous ai donnée de me soumettre à vous entièrement ?

— J'y compte, dit-elle, et, à moins que vous ne changiez d'idée, je vous aimerai comme si vous étiez mon besson.

— Si vous pensiez ce que vous me dites là, Fanchon, vous me diriez tu et non pas vous, car ce n'est pas la coutume des bessons de se parler avec tant de cérémonie.

— Allons, Sylvain, lève-toi, mange, cause, promène-toi et dors, dit-elle en se levant. Voilà mon commandement pour aujourd'hui. Demain tu travailleras.

— Et j'irai te voir, dit Sylvinet.

— Soit, dit-elle ; et elle s'en alla en le regardant d'un air d'amitié et de pardon, qui lui donna soudainement la force et l'envie de quitter son lit de misère et de fainéantise.

XL

La mère Barbeau ne pouvait assez s'émerveiller de l'habileté de la petite Fadette, et, le
soir, elle disait à son homme : — Voilà Sylvinet qui se porte mieux qu'il n'a fait depuis six
mois ; il a mangé de tout ce qu'on lui a
présenté aujourd'hui, sans faire ses grimaces
accoutumées ; et ce qu'il y a de plus imaginant, c'est qu'il parle de la petite Fadette
comme du bon Dieu. Il n'y a pas de bien qu'il
ne m'en ait dit, et il souhaite grandement le
retour et le mariage de son frère. C'est
comme un miracle, et je ne sais pas si je dors
ou si je veille.

— Miracle ou non, dit le père Barbeau,
cette fille-là a un grand esprit, et je crois bien
que ça doit porter bonheur de l'avoir dans
une famille.

Sylvinet partit trois jours après pour aller
quérir son frère à Arthon. Il avait demandé à
son père et à la Fadette comme une grande
récompense, de pouvoir être le premier à lui
annoncer son bonheur.

— Tous les bonheurs me viennent donc à

la fois, dit Landry en se pâmant de joie dans ses bras, puisque c'est toi qui viens me chercher, et que tu parais aussi content que moi-même.

Ils revinrent ensemble sans s'amuser en chemin, comme on peut croire, et il n'y eut pas de gens plus heureux que les gens de la Bessonnière quand ils se virent tous attablés pour souper avec la petite Fadette et le petit Jeanet au milieu d'eux.

La vie leur fut bien douce à tretous pendant une demi-année ; car la jeune Nanette fut accordée à Cadet Caillaud, qui était le meilleur ami de Landry après ceux de sa famille. Et il fut arrêté que les deux noces se feraient en même temps. Sylvinet avait pris pour la Fadette une amitié si grande qu'il ne faisait rien sans la consulter, et elle avait sur lui tant d'empire qu'il semblait la regarder comme sa sœur. Il n'était plus malade, et, de jalousie, il n'en était plus question. Si quelquefois encore il paraissait triste et en train de rêvasser, la Fadette le réprimandait, et tout aussitôt il devenait souriant et communicatif.

Les deux mariages eurent lieu le même jour et à la même messe, et, comme le moyen ne manquait pas, on fit de si belles noces que le père Caillaud, qui, de sa vie, n'avait perdu son sang-froid, fit mine d'être un peu gris le troisième jour. Rien ne corrompit la joie de Landry et de toute la famille, et mêmement on pourrait dire de tout le pays ; car les deux familles, qui étaient riches, et la petite Fadette, qui l'était

autant que les Barbeau et les Caillaud tout
ensemble, firent à tout le monde de grandes
honnêtetés et de grandes charités. Fanchon
avait le cœur trop bon pour ne pas souhaiter
de rendre le bien pour le mal à tous ceux qui
l'avaient mal jugée. Mêmement par la suite,
quand Landry eut acheté un beau bien qu'il
gouvernait on ne peut mieux par son savoir
et celui de sa femme, elle y fit bâtir une jolie
maison, à l'effet d'y recueillir tous les enfants
malheureux de la commune durant quatre
heures par chaque jour de la semaine, et elle
prenait elle-même la peine, avec son frère
Jeanet, de les instruire, de leur enseigner la
vraie religion, et même d'assister les plus
nécessiteux dans leur misère. Elle se souve-
nait d'avoir été une enfant malheureuse et
délaissée, et les beaux enfants qu'elle mit au
monde furent stylés de bonne heure à être
affables et compatissants pour ceux qui
n'étaient ni riches ni choyés.

Mais qu'advint-il de Sylvinet au milieu du
bonheur de sa famille ? une chose que personne ne put comprendre et qui donna grandement à songer au père Barbeau. Un mois
environ après le mariage de son frère et de sa
sœur, comme son père l'engageait aussi à
chercher et à prendre femme, il répondit
qu'il ne se sentait aucun goût pour le
mariage, mais qu'il avait depuis quelque
temps une idée qu'il voulait contenter,
laquelle était d'être soldat et de s'engager.

Comme les mâles ne sont pas trop nom-
breux dans les familles de chez nous, et que
la terre n'a pas plus de bras qu'il n'en faut,

on ne voit quasiment jamais d'engagement volontaire. Aussi chacun s'étonna grandement de cette résolution, de laquelle Sylvinet ne pouvait donner aucune autre raison, sinon sa fantaisie et un goût militaire que personne ne lui avait jamais connu. Tout ce que surent dire ses père et mère, frères et sœurs, et Landry lui-même, ne put l'en détourner, et on fut forcé d'en aviser Fanchon, qui était la meilleure tête et le meilleur conseil de la famille.

Elle causa deux grandes heures avec Sylvinet, et quand on les vit se quitter, Sylvinet avait pleuré, sa belle-sœur aussi ; mais ils avaient l'air si tranquilles et si résolus qu'il n'y eut plus d'objections à soulever lorsque Sylvinet dit qu'il persistait, et Fanchon, qu'elle approuvait sa résolution et en augurait pour lui un grand bien dans la suite des temps.

Comme on ne pouvait pas être bien sûr qu'elle n'eût pas là-dessus des connaissances plus grandes encore que celles qu'elle avouait, on n'osa point résister davantage, et la mère Barbeau elle-même se rendit, non sans verser beaucoup de larmes. Landry était désespéré ; mais sa femme lui dit : — C'est la volonté de Dieu et notre devoir à tous de laisser partir Sylvain. Crois que je sais bien ce que je te dis, et ne m'en demande pas davantage.

Landry fit la conduite à son frère le plus loin qu'il put, et quand il lui rendit son paquet, qu'il avait voulu tenir jusque-là sur son épaule, il lui sembla qu'il lui donnait son

propre cœur à emporter. Il revint trouver sa
chère femme, qui eut à le soigner ; car pendant un grand mois le chagrin le rendit véritablement malade.

Quant à Sylvain, il ne le fut point, et continua sa route jusqu'à la frontière ; car c'était
le temps des grandes belles guerres de
l'empereur Napoléon. Et, quoiqu'il n'eût
jamais eu le moindre goût pour l'état militaire, il commanda si bien à son vouloir,
qu'il fut bientôt remarqué comme bon soldat, brave à la bataille comme un homme
qui ne cherche que l'occasion de se faire
tuer, et pourtant doux et soumis à la discipline comme un enfant, en même temps
qu'il était dur à son pauvre corps comme les
plus anciens. Comme il avait reçu assez
d'éducation pour avoir de l'avancement, il en
eut bientôt, et, en dix années de temps, de
fatigues, de courage et de belle conduite, il
devint capitaine, et encore avec la croix pardessus le marché.

— Ah ! s'il pouvait enfin revenir ! dit la
mère Barbeau à son mari, le soir après le
jour où ils avaient reçu de lui une jolie lettre
pleine d'amitiés pour eux, pour Landry, pour
Fanchon, et enfin pour tous les jeunes et
vieux de la famille : le voilà quasiment général, et il serait bien temps pour lui de se
reposer !

— Le grade qu'il a est assez joli sans l'augmenter, dit le père Barbeau, et cela ne fait
pas moins un grand honneur à une famille
de paysans !

— Cette Fadette avait bien prédit que la

chose arriverait, reprit la mère Barbeau.
Oui-da qu'elle l'avait annoncé !

— C'est égal, dit le père, je ne m'explique-
rai jamais comment son idée a tourné tout à
coup de ce côté-là, et comment il s'est fait un
pareil changement dans son humeur, lui qui
était si tranquille et si ami de ses petites
aises.

— Mon vieux, dit la mère, notre bru en
sait là-dessus plus long qu'elle n'en veut
dire ; mais on n'attrape pas une mère comme
moi, et je crois bien que j'en sais aussi long
que notre Fadette.

— Il serait bien temps de me le dire, à
moi ! reprit le père Barbeau.

— Eh bien, répliqua la mère Barbeau,
notre Fanchon est trop grande charmeuse, et
tellement qu'elle avait charmé Sylvinet plus
qu'elle ne l'aurait souhaité. Quand elle vit
que le charme opérait si fort, elle eût voulu le
retirer ou l'amoindrir ; mais elle ne le put, et
notre Sylvain, voyant qu'il pensait trop à la
femme de son frère, est parti par grand honneur et grande vertu, en quoi la Fanchon l'a
soutenu et approuvé.

— Si c'est ainsi, dit le père Barbeau en se
grattant l'oreille, j'ai bien peur qu'il ne se
marie jamais, car la baigneuse de Clavières a
dit, dans les temps, que lorsqu'il serait épris
d'une femme, il ne serait plus si affolé de son
frère ; mais qu'il n'en aimerait jamais qu'une
en sa vie, parce qu'il avait le cœur trop sensible et trop passionné.

· IMPRIMÉ EN FRANCE PAR BRODARD ET TAUPIN
Usine de La Flèche (Sarthe), le 02-01-1995
B/125-94 – Dépôt légal, janvier 1995